抹茶ミルク

滝和子

深呼吸BOOKS 01

目次

第一章

三沢川

冬の夕暮れ、枯れ葉の残る桜並木の下を歩いていると急に冷たい雨が降ってきた。三沢川沿いの住宅街には雨宿りできる場所が見当たらない。小走りに先を急ぐと、小さなカフェが目に入った。

「いらっしゃいませ」

小柄な初老の男性が迎えてくれた。

ちょっと雨に濡れただけで、俺の手足はかじかみかけていた。

カウンターだけの狭いカフェのカウンター席に座り、目についたのは「抹茶ミルク」の文字。

「抹茶ミルク、ホットでお願いします」

「かしこまりました」

ぬれた頭や肩をハンカチでぬぐい、温かいおしぼりで手を温めると、俺はほっと息をついた。

「お待たせしました」

出てきたのは、まっしろな泡立つミルクの上に鮮やかな緑色の抹茶の粉が散った抹茶ラテ。隣の小皿にはサツマイモが入っている。

「少しですが」

微笑んで、どうぞと勧めてくれた。

一口飲むと、抹茶の香りとミルクの優しい味わいが口の中いっぱいに広がった。

小さく切られたサツマイモをひとつつまむと、甘露煮にされたサツマイモは優しく甘く口の中でとろけていく。

温かさが体にしみて、俺はまたほっと息をついた。

「サツマイモ、おいしいですね」

「ありがとうございます。娘がつくっているのですよ」

マスターの後ろ、カップの並んだ棚に一枚、マスターと奥さん、娘さんが映っているらしい写真が飾ってあった。

抹茶ミルクの温かいカップを持ちながら、

「この娘さんは俺と同い年くらいだろうか」

と思った。

第二章　転落

俺が十五歳になった春、おやじは不動産会社を辞めて起業した。青森から東京に出てきたおやじは、同郷の友人と一緒に不動産会社を立ち上げたのだ。

ＩＴバブル最盛期だったからだろう。その頃のおやじは絶好調だった。

男性用の整髪料と煙草の入り混じった匂いのするおやじは、自宅で酒を飲みながら、「おまえに社長のやりがいがわかるか？　シュンペーターのイノベーション理論あるだろ？　……なに、そんなことも知らんのか？」

と、中三で受験の準備に忙しい俺の都合などお構いなしに、不動産業界の現状とそれをいかに破壊するかをとうとうと語って聞かせた。

営業も成功しているらしく、事業拡大のためにまとまった金額を用意して、これから一勝負しよう、としていた時だと思う。

資金が持ち逃げされたのだ。

あとから採用した経理担当が、用意した資金を丸ごと持って蒸発した。借金は社長だったおやじと同郷の友人が被ったはずだ。だが、返す金はもうない。

毎日毎日、自宅のポストに大量の封書が届き、知らない人からじゃんじゃん電話がかかってくるようになった。聞いたことない会社名ばかりで、「お父さんはいませんか?」と若い男たちが問い合わせてくる。

玄関前にスーツを着たいかつい男性が訪ねてきたこともあった。おふくろは俺に詳しいことを話さなかったが、借金の取り立てであることはさすがにわかった。

家の雰囲気はどんどんおかしくなった。住んでいたマンションを売り払い、六畳二間の狭い公社住宅に引っ越し、内職をしていたおふくろがパートに出るようになった。

弟の俊は小学校から帰ってもだれもいないのがショックで、俺が帰ると、電気の入っていないこたつに入ってしくしく泣いて待つようになった。そして俺はおふくろから「都立高校に入ってほしい。私立は諦めて」と懇願された。

税金や公共料金の滞納も増えていたが、子供が支払いに行くと、追徴金を払わなくていいから、という理由で、俺が支払いに行くようになった。

一円単位まで金額ぴったりにお金を持っていき、「僕、何も知らないんです、お使いで……」みたいな幼い無垢な表情を作ってお金を払う。窓口の人は何も言わず、俺の差し出すお金を受け取った。追徴金はないことになった。

第三章　失踪

そんなある日、おやじが家に帰らなくなった。

金策に走り回っているのだろう、とおふくろは心配していたが、一か月、二か月と時がたつにつれ、それまで来ていた電話すらかかってこなくなった。

警察に届けたほうがよいのでは……と親戚が騒ぎ始めた頃、おやじと一緒に会社を立ち上げた松村から電話があった。


松村は、おやじが借金の支払いのために金を用意しようとしていること、海外に出るため、しばらく日本に戻れないことをおふくろに伝えた。

「あの……主人はなぜ自分で連絡をしてこないのでしょうか」

震える声で尋ねるおふくろに、松村は「それが……」と困ったような声で答えた。

「私もみっちゃんが今どこにいるかわからないのです。『金のあてができた。しばらく日本に戻れない。悪いが家族にそう伝えてくれ』と夜中に一方的に電話で伝えて、そのまま切られてしまい……」

「ただ、みっちゃんは子供の頃から、思い込んだら一直線の熱い奴です。きっと今回も大逆転の手を思いついたのだと思います。信じて待ちましょう！」

力強く押し切られ、おふくろは弱弱しく受話器を置いた。


松村はふうっとため息をついてケータイをベッドに放り投げた。

「みっちゃん、これでいいんだよな……」


煙草に火をつけてベランダに出る。都会のライトに照らされた夜空は白みがかった薄灰色だ。

みっちゃんは今頃、フィリピンに向かう空の上だ。一発逆転の大チャンスをものにするために。

私も後から行かなきゃならない。みっちゃんにだけ頑張らせるなんて、そんなことさせられるわけがない。

私たちは子供の頃からの唯一無二の大親友なのだから。


それにしても。

みっちゃんが奥さんにこの話をしなかったのは、私の状況を知ったからだろう。

私は正直に妻の由美子にフィリピン行きの話をした。そうしたら、由美子は目の前で膝から崩れ落ち号泣し始めたのだ。

「嘘に決まってるじゃない、そんな話！　どうして会社に勤めようと思わないの？　まじめにやっていれば、借金だって減っていくわ。私も協力するってあれほど言ったのに。どうしていつもいつも私の話を無視して、自分勝手になんでも決めるのよ‼」

「男同士の約束なんだ。お前には関係ない」

「関係ないですって？　借金取りに追われて、娘たちを公立高校に転校させて、マンションは売り払って、パートで朝から晩まで働いて……ここまで協力しているのに、私には関係ないっていうの？　あんた一体何様よ！　バカなんじゃないの‼」

怒りに任せて叫んでも私が聞く耳を持ってないと気付いたようだ。興奮して顔を赤くした由美子が私の頬を平手打ちした。

パーン！

私はよけなかった。仁王立ちになったまま、怒りと驚きで蒼白になった由美子の顔をじっと見つめた。

「これで満足か」

「満足するわけないじゃない！　働きなさいよ!!　自分の会社？　とっくにつぶれてるじゃない。いつまでも子供じみた夢見てるんじゃないわよ！

中年のおやじになってまで、夢にしがみついてるなんて情けない！

もっと現実を見てよ。もっと……娘たちや私をちゃんと見てよ!!」

私への非難の言葉が耳に刺さる。

私のほうがいけないのはわかってる。

でも、金の工面でみじめな思いばかりしている私にここまで言わなくてもいいじゃないか！

と、つい怒りが先に立った。

「ふざけんな！　女のお前になにがわかる！　まともに働いたこともないくせに!!

誰のおかげでここまでやってこれたと思ってんだ。お前こそなにもわかってない！

お前は……黙って私に従えばいいんだ!!」

言い切ったとたんに、周囲の空気が変わった気がした。爛々と光る由美子の目は闇に光る猫の目のようだった。

「あなたとはもうやっていけない」

由美子はきっぱり言い切った。

「別れてください。出ていきます」

翌日、由美子は娘たち二人を連れて、実家に戻っていった。

数日後、引っ越しのための荷物を業者と一緒に取りに来た由美子は、黙って離婚届を突き出してきた。

娘たちは由美子の味方だった。

三人の荷物が部屋からなくなり、中途半端にがらんとしたアパートで、私は煙草を燻らせながらぼんやりとテレビを見ていた。

借金で苦しんでいたのは、由美子や娘たちも一緒だった。
だが、詫びる気はない。私のことを理解しない連中とは手を切ったほうがいいのだ。
私にはみっちゃんとの夢があるのだから。

第四章　俊

あれから三年。おやじからは何一つ連絡が来なかった。

借金取りからの手紙や電話は相変わらずだったが、おふくろは「主人が払いますので。松村さんに話を聞いてください」と、返済の催促をつっぱね続けた。

当然ながら、おやじからの仕送りも一切なく、おふくろは金になるからといって、宝飾品を扱う販売店に就職した。金持ちの奥様がたに、指から落ちそうな巨大なルビーの指輪を売ったりしては、臨時ボーナスをもらって生活の足しにしていた。

奥様がたに気に入られて、ボーナスは増えたが、休日のお付き合いも増えた。朝からバスをチャーターして、人気ものまね芸人のツアーを組んで接待したり、日帰りで山梨の有名ワイナリーに連れて行ったり。

それで俺の都立高校の授業料も支払ってもらっていたのだから文句は言えないが、俊はどうだったのだろう。

＊

「俊〜、部活見学に行こうよ！」

中学校の放課後、荷物を片付けている最中に、僕のいるクラスにひょこっと顔を覗かせたのは、親友の修吾だ。

「うん、いいよ〜」

と声をかけて、二人で廊下を歩き出す。

「同じクラスになれなくて残念だったなあ」

「うん。あんまり知り合いがいないから不安だよ」

「僕も〜」

「で、何部から観に行く？」

「サッカー」

「だよね〜」


昇降口を抜けて校庭に向かう。

校庭ではサッカー部や野球部、ソフトテニス部、陸上部などがぎゅうぎゅうになりながら、大声を張り上げて部活を始めようとしているところだった。

「すっげ〜」

小学校の頃のクラブ活動とは全然違う、渦巻くエネルギーに僕たちは圧倒された。

「なんか本格的って感じ」

「うんうん！」

ワクワクしながらサッカー部の方に近づこうとしたら、突然、ひょろっと背が高く、目がクリッとした先輩に声をかけられた。


「君、背が高いね！　何センチ？」

「一六六センチです」

「高っ！　小学校の頃何のスポーツやってたの？」

「いえ。特に何も」

「えー、そうなの？　もったいないよ!!　バスケ向いてると思うよ。試しにやってみなよ！

君もバスケ部に興味ある？」

ついでのように声をかけられたのは、俺より二〇センチくらい背が低い修吾だ。修吾はちょっとむっとして
「僕は小学校からサッカーなので」

と答えた。

「なあ、行こう」

修吾に言われて、うなずいて体育館の前から立ち去ろうとすると、

「明日十五時から体験できるから、二人でおいでよ！」

と声が追いかけてきた。


帰宅してちょっとしたら、修吾がうちに遊びに来た。

小学校が終わるまでは修吾もサッカーで毎日忙しかったが、今は入部が決まるまで放課後たっぷり時間があった。僕んちなら親もいないから、ゲーム三昧でも怒られない。

マジメな兄貴は図書館で勉強して帰ってくるから、夕飯の時間まで、修吾と僕はのんびりゲームをやれるんだ。


「……あっ、くそ、このボスつええな！　……で俊、部活どうすんの？」

修吾が突然聞いてきた。

「うーん……必ず入れって先生言ってたよね。

あっだめ！　そこは金色のカボチャを当てる!!」

僕はAボタンを連打してキャラを三段ジャンプさせ、Zボタンで空中のボックスをキック！

出現した金色のカボチャをボスの顔面目掛けてけり込んだ。

「だー、やるなあ、俊！　お前このゲームうますぎだぞ‼」

肩をゆさゆさゆすられて、僕は得意になってくしゃっと笑った。

「へへっ！　あーあ、中学にゲーム部があったらいいのにな」

「お前運動しないもんなあ。足も速いんだから運動部に入ればいいのに」

「練習ってめんどくない？　マジメにコツコツって苦手なんだあ」

「そうか？　だってゲームはコツコツやってんじゃん。すげーマジメだと思うぞ！」

と言って、修吾が僕に勢いよく襲いかかってきた。バターン！　バランスを崩して二人で寝っ転がってしまい、思わず大笑い。

あーあ、こんな時間がずっと続いたらいいのに。

「明日から仮入部期間だよな。僕、サッカー部に入部するから、明日からもう来られなくなっちゃう」

はっとして修吾を見た。そうだ、こいつはゲームよりサッカーが大好きなんだ。

「俊も部活入んなよ。バスケ部に誘われてたじゃん。行ってみたら？」

「うーん……」と考えながら、天井を見る。

ふと、小さい頃、電気の入っていない冷たいこたつの中で泣いていたことを思い出した。

お父さんが帰ってこなくなって、お母さんが外に働きに出るようになった最初の日。鍵を持たされて小学校に行くことになって、落とすんじゃないかと何度もランドセルの中を確認したんだっけ。

無事に鍵を持って帰れたと思って、家の中に入ると、そこには誰もいなくて。しんとしてて。暗くて。

ランドセルを下ろして、こたつに潜り込みテレビをつけた。夕方のアニメ番組をずーっとずーっと見ていた。

いつもみたいに「宿題が終わってからテレビを見てね」と困った顔して言うお母さんがいないのに、頭の中にその声が響く。

部屋の中には段々と暗闇が忍び寄ってくる。そして壁にかけてある時計のカチコチと時を刻む音が響いていていて……。

「そだな。僕も部活やってみようかな」

「バスケ部？」

「うん。仮入部だし、行ってみる！」

再びゲームを始めたところに、和志が帰ってきた。

「ただいま〜。ああ、修吾か、いらっしゃい」

「どもー」

「もう五時のチャイム鳴ったぞ。お母さんに怒ら……」

とたんに修吾が飛び上がった。

「やばい！　じゃあ俊、また明日ね！」

「待って！　下まで送るよ!!」


修吾を見送って帰ってくると、和志がいつもの十円焼きそばを作っているところだった。

「うわ、またこれか……」

「しゃーないじゃん。お母さんがこれなら俺でも作れるでしょって、あんなにたくさん買ったんだから」

和志の指の先には大きくて細長い段ボール箱が二つ。どっちも焼きそばの袋がぎっしり詰まっている。

和志は慣れた手つきでフライパンに乾麺を入れてコップ一杯の水を入れ、火をつけた。ガスくさい匂いが一瞬漂って、ボッと大きく火が付く。そのたび僕はぎょっとしてしまう。

蓋をして三分。タイマーをセットすると、和志が僕を見て、

「はやく片付けろよ。あれじゃご飯が食べられない」

と、こたつの上のゲームと漫画とお菓子の山を指さした。

「えーめんどくさ。

こんな大量にあるのに、片付けるなんて無理だよ～」

文句を言いながら床でゴロゴロしてる間に、和志が焼きそばにソースの素を振りかけて、お皿によそって持ってきてしまった。


「まだやってないのかよ！」

怒鳴られたって知るもんか。めんどうったらめんどうだ。


床にはいつくばってピクリともしない僕を見て、和志は深々とため息をつくと、こたつの上の荷物をザーッと床に落とし始めた。

「なにすんだよ！」

ゲームが壊れちゃうじゃないか！と焦って起き上がって文句を言うと、

「じゃあ、片付けろ！」

と怒鳴られてしまった。

あったまきた！　と思うけど、壊されるのは嫌だ。しょうがないから、床に全部置いたら、僕の周りだけ足の踏み場もない状況になった。

「俊～」

と睨まれたけど、知るもんか。

ぷいと横を向いて、僕は焼きそばを食べ始めた。

第五章

そばにいるよ。

翌日。授業が終わってから、体育館をのぞいてみた。

一年生たちが十五人ほど、体育館の真ん中に集まって、先輩たちの話を聞いているようだ。

すると、前に話しかけてきたのっぽの先輩が僕を見つけて駆け寄ってきた。

「よっ！　体験？」

「あ、はい。一応……」

「じゃあ、体験申込書を提出して」

僕はポケットから申込書を出して先輩に手渡した。


「へ～、河口俊君、っていうのか。俺もかわぐちなんだよ。あ、漢字は簡単な方ね。スゲー奇遇！

みんなに教えてやらなきゃ！」

笑って川口先輩はみんなに紹介してくれた。

そのせいかな。入るかどうか迷っていたけど、なんだかバスケ部は僕を歓迎してくれているように思えたんだ。

結局、僕はバスケ部に入った。

毎日、外周練があるのはきつかったけど、バスケの試合は面白かった。一年の練習試合だと、僕が一番背が高いから、リングに嫌われたボールはほぼ僕がゲット！

小柄だけど足の速い羽田は、僕のリバウンドを見た瞬間にセンターライン目指して走り出し、あっという間にシュートを決めた。

「ぎゃー！　また羽田と河口だよ！」

「止めらんねー！」

そんな悲鳴を聞きながら、僕は鼻高々だった。僕がいなきゃ、試合に勝てるはずがない。僕ってバスケの天才なのかも!!

梅雨が明ける頃には、僕の腹筋は六つに割れ、外周も先輩たちになんとかついていけるくらいになった。ドリブルも結構うまくなってきて、フェイントを入れられるようにもなった。

僕は自分の成長の速さにほれぼれしていた。

羽田は小学校の頃からバスケをやっていたから、僕よりちょっとうまいけど、急速に近づいている実感があった。


二学期にはあいつを追い抜いて、先輩たちに追いついてやる！

そう思って、朝練も欠かさず出るようになった。

びっくりしていたのは、和志とお母さんだ。

「毎日寝坊して遅刻だらけだった俊が、七時に家を出てる！」

「中学生になると、変わるものなのねえ……」

お母さんに頭をくしゃくしゃと撫でられて、僕は恥ずかしくてうれしくて、くすぐったい気持ちになった。


これは内緒の話だけど。

僕はお母さんが大好きだ。

お母さんも僕のことが大好きなんだと思う。

だってお母さんは、お父さんがうちに帰らなくなったとき、僕をぎゅっと抱きしめて
「俊はお母さんのそばにいてね……」

と言ってぽろぽろ泣いたんだから。

お母さんが和志にそういう風にするのを僕は見たことがない。

覚えているのは、和志はお父さん、僕はお母さんの膝の上が定位置だったたってことだけ。

それに、和志はお父さんが大好きで、お父さんは和志が大好きなんだ。


僕がまだ小学二年生の頃だ。

お父さんの仕事でチケットを追加で一枚もらえたとかで、和志だけサーカスに連れて行ってもらったことがあった。

「面白かった～！」

帰宅してすぐ、お父さんと和志がサーカスの様子を報告してくれた。

「人間の体ってのは、すごいもんだな」

お父さんが和志を膝の上にのせて、パンフレットを見ながら話している。僕も中を覗き込んだ。

それは「シルクドソレイユ」というサーカス集団で、天幕全体を覆うような巨大トランポリンの上で、相方をパチンコ玉のように空中に弾き飛ばしたり、男性二人が空中ブランコそのものになって、女性を空中に放り投げたりする、超アクロバティックなものだった。

中世ヨーロッパを思わせる奇抜な恰好で演じるそのサーカスは、僕が見たことのあるサーカスとは全く違うものだった。

どんなサーカスなんだろう。見たい！　見たいなあ!!

僕はうらやましくてたまらず、

「俊も行きたいよ！」

と泣いて怒った。

お父さんはすまなそうな顔をして、僕をあやしているお母さんに

「おい、話してなかったのか」

と尋ねた。

「余ったチケットが一枚しかない、ということは伝えたけど……」

「やだやだ！　俊も見たかった！　なんで和志だったの？　俊はどうしてダメなの!!」

お父さんは僕を見て言った。

「今回のサーカスは会社のイベントだったんだよ。知らない大人だけしか周りにいないんだぞ。お母さんがいないときに、俊がおとなしくサーカスを見られるかわからないから、連れて行かなかったんだ」

「そうだよ」

　和志が追い打ちをかける。

「サーカスは楽しかったけど、待ってる時間はお父さん相手にもしてくれないし、本を読んで待っているしかなかったよ。俊だけじゃ、きっとお父さんを困らせたと思うな」

　僕は涙をぽろぽろ流して、口を尖らせた。

「そんなことないもん！　一人でちゃんと待てたもん！」


　ふうっとため息をついて、お母さんが言った。

「お父さん、今度何かイベントがあるときは、俊を連れて行ってくれませんか？」

「俊だけをか？　そりゃちょっと大変だな……」

「でも、これじゃ俊がかわいそうですし……」


「和志はどう思う？」

　と、お父さんが尋ねた。

「うーんと、俺が一緒に行ったらいいんじゃない？　俊の面倒ちゃんとみるよ」

「なんでだよ！」

　僕は怒った。

「それじゃ、和志は二回も行けることになるじゃないか。そんなのずるいよ‼」

「あっ！　そういえば‼」

突然お母さんが立ち上がり、引き出しから横長の封筒を出してきた。

「お父さん、この前新聞の抽選で、阪神対巨人のチケットが当たったんですよ！」

「なに？」

お父さんの目が光った。大の阪神タイガースファンなのだ。

「二枚しかないので、どうしようかと思っていたんですけど、俊と一緒に行ってもらえませんか？

野球なら、俊が騒いでも気にならないもの」

「やったー！」

僕は小躍りして喜んだ。

和志は面白くなさそうな顔をしていたけど、

「俺、野球はあんまり好きじゃないから、行かなくていいよ」

とお父さんに伝えた。

「うーん」

チケットを見ながらお父さんがうめいた。

「今度の日曜日か〜。土曜日は徹夜で仕事なんだ。家に戻ってくるのは日曜の十一時ごろになるけど、それまでに支度できるか？」

「もっちろん！」

僕はお母さんの膝の上でガッツポーズを決めて見せた。


「お父さん、遅いね」

僕は時計を見てつぶやいた。

今日は日曜日。お父さんは仕事を終わらせて、十一時には迎えに来る、と言っていた。

だから僕は野球帽をかぶり、水筒をリュックサックに入れて、準備万端で待っていた。


カチコチカチコチ……

一秒一秒がとても長く感じられる。


お父さんは今、どこまで帰ってきているんだろう。

試合は何時に始まるんだろう。

間に合うのかな。

玄関と居間を行ったり来たりして、僕はひたすら待ち続けた。

そのとき、家の電話が鳴った。

「お父さんだ！」

お母さんの顔もぱあっと明るくなり、二人で電話に駆け寄った。きっともうすぐ着くという電話に違いない。

ワクワクしてお母さんが電話に出るのを見上げた。

「もしもし？」

「ああ、あなた。よかった。俊が待っているわよ。今どこなの？」

急にお母さんの顔が曇った。

電話を切ったお母さんは、なぜか泣きそうな顔をしている。胸の中にじわぁと嫌なものがわいてきた。

「お父さんは？」

お母さんは僕をぎゅっと抱きしめて、

「ごめんね」とつぶやいた。

それで、説明されなくても、お父さんが迎えに来ないことがわかってしまった。

でもさ、実はもっと前からわかってた気もする。だって、お母さんに説得されていたお父さん、本当に嫌そうだったもの。

和志が行くと言っていたら、お父さんは帰ってきたのかな……。

僕は小刻みに震えているお母さんの首に両腕を回して抱きついた。

もういいや。僕にはお母さんがいる。

あったかくて優しくて僕を大事にしてくれるお母さん。

ずっとそばにいるよ。大好きなお母さんのそばに。

第六章
大事なもの

夏休みになった。抜けるような青空には巨大な入道雲が浮かび、朝からどうしようもなく暑い。むっとする空気の中、いつも通りにバスケの練習が始まった。

ピー！

Aチームが他校のチームと練習試合を始めた。僕たちBチームは、いつも通り審判や応援にまわる。

「いいよなあ、Aチームは」

僕は応援の合間に羽田に話しかけた。

「だな。他校との試合はAチームじゃないと出られないもんな」

他校との試合に出る資格があるAチームは、主力となる中三の先輩たちで構成されている。先輩たちは僕たちより長くバスケをやっているのでうまいし、体もでかい。

僕を勧誘した川口先輩も中三の今では身長が一八〇センチに届きそうだ。ここ三か月で僕の身長も一七〇センチになったけど、まだまだ大きな差があった。

　でも、夏休みが終わるとチャンスがやってくる。

　高校受験のため、中三の先輩たちが部活から引退するからだ。Bチームにいる一年生にとって、この夏は、Aチームに入れるチャンスともいえる。そして今日みたいな練習試合に混ぜてもらえたヤツは、二学期からAチーム入りする可能性が高い。

　僕も羽田も、今日はきっと自分が呼ばれるはずだ、と心待ちにしていた。


　試合は防戦一方の展開だった。

　相手チームは私立の中高一貫校。スポーツ推薦で入ったメンバーばかりがそろっていて、同じ中学生とは思えないくらい平均身長が高かった。

　うちで一番背の高い川口先輩がセンターでボールをリバウンドしようとしても、両側から背の高い相手に挟み込まれてゴール下でボールを奪われる。

　さらに、オールコートディフェンスを敷かれているのも痛くて、川口先輩がパスすると、味方に届く前にカットされ、得点を追加されてしまう。

　フォワードの動きが封じられ、センターラインの手前側に敵と味方が集中し、うちのチームはひたすらに攻めまくられた。

「タイム！」

監督がふいに僕と羽田の方を振り向いた。

僕はぞくっとした。これはチャンスだ！

「羽田！　行けるか？」

「はっ、はい!!」

飛び上がるように羽田が立ち上がり、監督の横に並んだ。

「センターの川口からのボールを確実に受け取りに行け。そのままポイントガードの橋本にボールを預けて、ゴール下に走り込め。シューティングガードの新井かお前が点を取るんだ！」

「わかりました！」


試合が再開した。

敵のシュートが外れて、川口先輩がボールを取った。さっそく両側から挟み込まれる。だが、

「羽田！」

川口先輩が隙を見て羽田に足元を狙ったパス！

敵の裏をかいてマークを外した羽田が、受け取ったボールを橋本先輩へ。

新井先輩と羽田が両サイドから相手ゴールに向かって走り出す。敵はどちらをつぶすか迷って

一瞬動きが遅れた。

橋本先輩はゴール前にボールを投げる。そこに走り込んだのは羽田。

「いける!!」

羽田の心の声が聞こえるようだ。

僕も思わず身を乗り出した。

ピーッ

レイアップがきれいに決まり、チーム全体がどよめいた。

ダッシュで戻ってきた羽田の背を川口先輩がバンっと叩いた。先輩と羽田の視線が絡み、にやりと笑いあう。

――僕も出たい!!――

監督の顔を見る。ちらりと目が合ったが、そのままスルーされた。焦りと悔しさがこみあげる。

僕がコートの外側でもたもたしている間に、羽田はAチームに溶け込んでいくのかよ。くそっ。

試合は羽田が入ったことで動き始めた。

だが、すでに後半戦も半ばを過ぎてからの交代だったこともあり、四〇点差をひっくり返すまでには至らなかった。


「ありがとうございました！」

結局試合には負けてしまった。

だけど、羽田には勝利の一日だった。

あいつはこれでAチームに入る資格を手に入れたんだから。


「残念だったよな」

クラスメイトでもある田中が僕に話しかけてきた。

「河口も出ると思ったのに」

「そう思う？」

「うん、もちろん！」

周りの一年も混じってきて、「そうだ」「そうだ」とわいわい賛同し始めた。そんなふうに言われて、僕は自信を取り戻した。

よし、監督に聞いてみよう。次回は出してもらうんだ！

「出さないよ」

片付けが終わって監督を捕まえて頼んでみたら、なんとも冷たい返事が返ってきた。

「ど、どうしてですか！」

くってかかる僕を監督が冷静に見つめた。

「お前さ、自分がバスケうまいって思ってるだろ」

ずばりと聞かれて、うっ……と詰まると、監督は言った。

「小学校の頃からバスケをやっている羽田はうまい。Aチームでも十分やっていけるだろう。だが、河口、お前はまだ未熟だ。今は、羽田に引っ張られてうまくいっている。だが、羽田抜きのチームでは、お前はセンターとしてまだちゃんと仕事ができる状態じゃない……」

「そんなこと……」

「羽田が休んだときの練習試合、覚えているだろ？」

「……」

覚えてる。

ゴール下でボールを取っても、誰にも渡せなかった。

羽田はここに来てほしい、というところに必ず来てくれた。でも、その日は誰も僕のところに来てくれなかった。

だから、ボールはすべて僕の手元で奪われてしまったのだ。

「でも！　それは僕のせいじゃなく、周りが下手だから！」

「違う！」

監督にビシッと言われ、僕はビクッとした。

「リバウンドについてはだいぶよくなったと思う。だが、味方の動きを把握できていない。もっと練習が必要だ」

うなだれる僕の肩に先生が手をかけた。

「焦るな。今のまま練習すれば、中二まではAチームに上がれるはずだ……」

ガンッと頭をハンマーで殴られたようなショックを覚えた。

中二までに……??　羽田はこの夏でAチームに上がれるのに!!

ぼんやりとしたまま、僕はとぼとぼと帰り道を歩いた。

うちまでの道のりがとんでもなく遠くて、僕は何度も、何度も立ち止まった。
そして日が長い夏だというのに、玄関にたどり着いた頃には、宵の明星が輝き、空は闇にとっぷりと覆われていた。

なにか大事なものが体から抜け落ちてしまった。
そんな気がした。

第七章 脱線

「俊～、今日は朝練はないの？」

六時になっても起きてこない俊を心配して、おふくろが起こそうとすると、「今日は休みだからいい」と布団の中からくぐもった声が聞こえてきた。


弁当用にジャムサンドを作る俺と目が合って、おふくろは肩をすくめた。

「どうしたのかしらね？」

「さあ……夏休みなんだし、たまにはいいんじゃないの？」

「それもそうね」


おふくろは俊のハムエッグとおにぎりにラップをかけて冷蔵庫に片付けた。

二人での朝ごはん。俊がバスケにハマり出してから三人一緒に食べることが普通になっていたから、こういうのも久しぶりだった。

「和志は今日も図書館？」

「いや、学校で夏期講習があるから」

「お母さんは今日も遅くなると思うわ。俊のことよろしくね」

「うん、わかってる」

「ごちそうさま。じゃあ、洗い物よろしくね」

「いってらっしゃい」


俺は手早く皿を洗い、久しぶりに制服に着替えた。やっぱり私服がいいな、とこぼしながら、まだ寝てる俊に声をかける。

「朝ごはん、冷蔵庫の中だから、チンして食べて」

「わかった～」

相変わらず布団の中に入ったまま俊は答えた。


鍵を閉めて外に出た。

俊はまだまだ寝そうな雰囲気だ。

そういえば、小六の頃は、ゲームにハマって学校も遅刻ばっかりだったな。なんとなくあの頃の姿と今朝の俊がかぶるけど。

中一になって、あいつは本当によく頑張っているし、たまの休みには寝坊くらいしたいだろ。

そう思って、俺は高校に急いだ。今日は数学の須藤先生の授業がある。大学受験用の特別講習が今日から五日間。

先生が呼んだ人しか受けられないシステムで、俺は文系志望だったけど、数Ⅱ範囲だからということで呼んでもらえたのだ。

遅刻するわけにはいかない。今日から五日間、みっちり勉強するぞ！


朝から夕方まで数学漬けでへろへろになった。夕方になっても町はまだまだ暑い。

疲れと汗でぐったりして帰ってきたら、俊がクーラーをガンガンにきかせて、大音量でテレビゲームのプレイ中だった。

俊の周りにはポテチの袋が散乱し、ペットボトルも四、五本転がっている。今日一日ずっとゲームをしていたらしい。

俺はうんざりして声をかけた。

「俊～なんだよ、これ。片付けろよな」

「……あとで」

テレビ画面にくぎ付けの俊を見て、俺はさらにどっと疲れてしまった。

＊

俊がテレビ画面を見つめたままボタンを連打していると、和志が風呂に入った音が聞こえた。

今はラスボスのクリア中なんだ。

こんなタイミングに声をかけるなんて、馬鹿か和志は。

あいつは勉強しかしないから、ゲームは全然できない。コントローラーを持たせたって、ジャンプ一つできないんだ。

ゲームには、夢みたいな世界が広がってる。なんだってできる。なんにだってなれるんだ。

すげえ面白いのに、あいつはまったくわかろうとしない。

この前も新しいゲームの話をしたら、興味なさそうな顔しやがって。

だいたい最初に僕にゲームを買ってくれたのはお父さんなんだ。

和志は僕だけゲームをもらったのがうらやましかったんだろう。だから一緒にやろうって誘っても全然やってくれなかったんだ。

和志は馬鹿だ。

お父さんも馬鹿だ。

羽田も先生も、みんなみんな大馬鹿だ！

*

それから一週間が過ぎた。

さすがに俊の様子がおかしいことは明らかだった。

部活にまったく行かなくなり、夜どおしゲームをしている。朝起きるとテレビの前で毛布をかぶって蛹みたいに眠り続け、起きるのは夕方だ。

心配したおふくろや俺が毛布をはがして朝たたき起こそうとすると、暴れて壁に穴をあけたり、皿をたたき割ったりする。

夏休みだし、様子を見ようと見守っていたけど、俊のゲーム狂いはいっこうに止まる気配がない。もうすぐ学校が始まるっていうのに、俊はどうなるんだろう。

「今日はお母さんが休みだから、和志はいいわよ」

後片付けを始めようとする俺におふくろが言った。

「わかった～。じゃあ、図書館に行ってくるね」

「行ってらっしゃい」

＊

がちゃり。

和志が出かけた。お母さんが台所で洗い物をしている。

今日はお母さんが家にいるのか……。

うつらうつらした夢見心地の中、お母さんの立てる物音が聞こえてくる。

それを子守歌にして、僕はまた眠りに落ちていった。


「俊……俊」

「う……ん？」

部屋の窓から指すオレンジ色の夕日に照らされて、心配そうな顔をしたお母さんと目が合った。

「は～よかった。あんまり寝ているから死んじゃったのかと思ったわよ」

お母さんのほっとした顔を見て、僕は思わず噴き出した。

「ははは、そんなわけないじゃん」

しゃべっているとおなかがグーと鳴った。二人で顔を見合わせて笑いあう。

「ご飯食べる？」

「うん！」


お母さんは僕の好きなオムライスを作っていてくれた。パクついていると、お母さんがそっと聞いてきた。

「バスケ部は休んでいるの？」

「……やめる」

「え？」

「飽きちゃった。もう行かない」

「あんなに頑張ってたのに？」

「いいんだ。もう」

ふうっとため息をついてお母さんが僕を見た。

その視線に落ち着かなくなってテレビをつけると、夕方のニュースが流れてきた。


「俊？」

「うん？」

「本当にやめちゃっていいの？」

「なんで？　別にいいじゃん」

「後悔しないの？　あれだけ努力していたのに、全部捨てることになっちゃうんだよ。本当にそれでいいの？」

僕はお母さんの目をまっすぐに見て答えた。

「いい。もう飽きたから」


お母さんはポロリと涙をこぼした。

「お前のそういうとこ、お父さんそっくり……」

「え？　違うでしょ。僕はお母さん似だよ」

言いながら、お母さんを泣かせてしまったことにちょっと慌てた。

お母さんを泣かせるのはお父さんだったのに。どうして僕が部活をやめると、お母さんを悲しませちゃうんだ？？

「うーん。部活をやめるかどうかは二学期になってから決めるよ。だから心配しないで！」

口先だけで取り繕ったら、お母さんの顔がパッと明るくなった。胸の中にモヤっとしたものがわいてくるけど仕方ない。

「お母さんの話を聞いてくれてうれしい。

お父さんだって会社で働き続ければ昇進できたのに、お母さんの話をまったく聞いてくれなくて……。

俊が少しでも話を聞いてくれる子でよかった」

そう言って、僕の頭をクシャっと撫でる。僕は思わず聞いた。

「ねえ、和志は誰似なの？　お母さん似？」

「いいえ。和志はおばあちゃんに似てるわ」

「おばあちゃんって、お母さんのお母さん？」

「そう。商売をしていたおじいちゃんを助けて、よく働いたしっかり者だったのよ。でもね」

「でも？」


お母さんが窓の向こうを見た。もう暗闇が迫っている。

「なんでも自分一人でやってしまって、何を考えているのか、ちっともわからない人だったわ。プライドが高かったんだと、今になって理解はしたんだけど……」

「たしかに和志はプライド高いね」

「……だからかな。

お母さんには、和志が何を考えているか……よくわからないのよ。

そこがおばあちゃんと似ている気がする」

「でもさあ、うちの家族で和志だけ、お父さんにもお母さんにも似てないなんてこと、あるの？」

「隔世遺伝っていう言葉知ってる？」

「なにそれ？」

「和志みたいに、両親よりもおじいちゃんやおばあちゃんの血を濃く受け継ぐことを言うのよ。

ほら、和志は家族の中で一人だけ左利きだけど、これもおじいちゃんからの遺伝なのよ」

「へー。そうなんだ！」

和志が左利きなのに、そんな理由があるとは知らなかった。

「お母さん、僕、なんだか、和志のことが不思議に思えてきたよ」

「そうね。この家族の中では、ちょっと違ってるわよね」

そう言うと、お母さんは夕飯の支度のために立ち上がった。

料理をしているお母さんの後ろ姿を見つめていたら、ここにあとお父さんがいれば、この家族は完璧なんじゃないか、と思えてきた。

和志が異質だから、

家族の中に不協和音が響くの？

そんなこと、初めて考えた。

和志があかの他人のように思えて、僕は思わずブルっと震えた。

第八章　帰還

突然おやじが帰ってきた。

何の前触れもなく、焼きそばを作っている俺とアニメを見ている俊のいる居間に、泥酔したヤニ臭いおじさんが現れた。

「おっひさしぶりでーす。へへへ、お父さんですよおー。和志も俊も元気だったかあ～？」

三年ぶりに見たおやじは、俺たちの背が伸びたのを割り引いても、明らかに縮んでいた。ダブダブで縦縞の背広を着て、ひどい猫背で頬はこけ、顔は日に焼けたのか黒く、目だけが大きく爛々と光るくたびれた中年。

前はもっとかっこよくなかったっけ？　もっと父親らしくなかったっけ？　海外に行ってお金を稼いでくるんじゃなかったんだっけ？

どう見てもチンピラにしか見えないおやじの姿に、俺たちはただただ絶句した。

「おとうしゃんにお水を入れてくれないかな？」

固まっている俺たちを横目に、こたつにぬくぬくと入ったおやじに言われて、我に返って氷の入った水入りのコップを手渡す。おやじは細かく震える手で受け取り、一気にそれを飲みほした。

「くあー、うまい！　やっぱ家はいいなあ！」

そういってごろりと横になると、

「お母さんが帰ってくるまで、ちょっと寝るわ。起こさないでね」と言って、高いびきをかき始めた。


二十二時になり、おふくろが帰ってきた。

おやじが寝ているのを見たとたん「キャー!!!」と叫んでおやじに抱き着いた。

目を覚ましたおやじは泣きじゃくるおふくろの背中を撫でながら、「長い間、一人でよく頑張ってくれたな。ありがとう」

と言って一緒に泣いた。

その後、積もる話を始めた二人に追い払われて、俺たちは子供部屋で寝る支度をはじめた。

おふくろの怒鳴り声が聞こえたのは、それから三十分ほど経ってからだった。

「ふざけないでよっ！　お金なんてあるわけないでしょ!!」

「黙って海外に行って、借金が増えたってどういうこと⁉」

漫画を読んでいた俊と勉強をしていた俺は思わず目を見合わせた。

何かとんでもないことが起きている、ということだけはわかった。

「だからぁ、俺だって頑張ったんだよ。お金を借りている会社から、『あなたの腕を見込んで頼みがある。私たちと提携しているフィリピンの不動産会社で社長を引き受けていただけたら、借りた分をなかったことにいたしますが、どうですか？』って言われてさあ。

借金はなくなるし、次の仕事のめども立つし、一発逆転だって思ったんだよ！」

「ところがさ……おい、泣いてないで聞けよ！

この会社がとんでもなくてさ。都心の一等地の高層ビルの権利を買ったはずが、別の所有者がいることがあとからわかって、金を出したのにビルが手に入らなかったんだよ。それで社長の俺に負債が……」

バリーン！

グラスの割れる音がした。

「出てって!!!」

バリーン！

「もうあんたの顔なんて見たくない！　今すぐ出て行って!!」

「おい！　それが亭主に言う言葉か！

俺だって借金を返すために、言葉もろくに通じない海外に行って働いてきたんだ！　それを出ていけだと!!

ここは俺の家でもあるんだ！　お前こそ出ていけばいいだろ!!」

「馬鹿言わないで！

三年よ！　三年も私たちをほったらかしにして、連絡一つ寄こさないで、よくそんなことが言えるわね！　これまで私が一人で全部やってきたのに、何を今さら!!」

俺はそっと扉を閉めて、二人の喧嘩が聞こえないようにした。

俊は布団に潜り込んでゲームを手にし、俺はいつものように勉強を始める。耳のそばで血管がドクドクと脈打ち、周囲の音がいつしか聞こえなくなった。

翌朝、目が覚めるとおやじはいなくなっていた。

真っ赤な目をして抜け殻のようになったおふくろは、ファンデーションを塗りたくると会社に向かった。

どうなったか、聞けなかった。


その晩。

帰宅したおふくろは、思いつめた目つきで、俺に相談したいことがある、と言った。

「お父さんと別れようと思うの。和志の意見を聞かせて」

俺はおやじの変わり果てた姿を思い浮かべた。

家族のために努力したのかもしれないが、おやじがいなくなって丸三年。仕事も家事もこなし、俺たちを育ててくれたのはおふくろだった。

おやじと家族じゃなくなる、と考えると寂しさがどっと湧いてきたが、おふくろの選択が正しいように思え、俺は自分の本音を飲み込んだ。

「いいんじゃない。別れれば。今まで大変だったんだし」

しばらくじっと俺の目を見ていたおふくろは
「わかったわ。ありがとう」

というと席を立った。

おふくろに相談されたことで、俺はなんだか有頂天になっていた。おふくろに頼られたことがうれしかった。大人として扱われた気持ちだった。

こんな悲惨な状態だからこそ、おふくろの片腕になって、これからも助けていこう。だって、俺はおやじの代わりになるんだから。

自信が胸にみなぎって、ググっと膨らんでいく。俺は前を向いた。

まずは三か月後の大学受験だ。名のある大学に合格して、いい会社に就職するんだ。そうすれば、生活は今よりずっとよくなるはずだ。

おやじがいなくても大丈夫。寂しいけど、おやじにだってきっとわかってもらえるさ。

ふと、おやじとおふくろと俺の三人で、夜に出かけた幼い日のことを思い出した。

俺はおやじとおふくろの間で手をつないで童謡を歌っていた。みんなにこにこ笑って、薄暗がりの中を仲良く歩いていた。

電灯を背にすると、手をつないだ三人の影法師がずんずん長く伸びる。俺は

「うわ!!　背が伸びたよ!　おっきいねー!」

とびっくり。

おやじが笑って、「もっともっと伸びるぞ〜」と言って俺を追いかけてくるから、慌てて逃げて、そのまま影踏みしながら遊んで帰ったんだ。

懐かしいな。

あの頃に戻れないかな。

でも……

それでも。


俺は胸の中で光る透明なエネルギーの塊を感じた。ちっぽけな自尊心が大地から顔を出し、大きく成長したがっている。

賽は投げられた。もう前に進むしかない。


「よし!」

俺は大きな声で自分に喝を入れた。

第九章　可愛さ

大学受験が終わり、無事に合格が決まってすぐ、おふくろからおじさんの家に行くわよ、と言われた。

俺の大学入学と俊の高校入学が重なり、お金が足りないから貸してもらうのだと言う。おじさんは小さな業界誌の社長だったはずだ。社長だからお金持ちなんだろう。

おやじと会ってからすっかり元気がなくなっているおふくろ。まだ離婚はしていなかった。おやじからの連絡があれ以来ないから、話が進められないのだろう。これで少しでも元気になれば……。

おじさんの家は広い一軒家で、ビーグル犬を飼っていた。

子供は兄と妹の二人で俺たちより年上で小さい頃からよく遊んでもらった。徹兄ちゃんはバイクにハマって最近家にいないようだったが、美香姉ちゃんが歓迎してくれた。

美香姉ちゃんはバレエ団のプリマドンナだった。すらりとした手足と栗色の長い髪、ぱっちりとした大きな目と白い肌が特徴的で、一見日本人に見えない美貌の持ち主だからか、おじさんとおばさんの自慢の娘だった。近所に住んでいるおばあちゃんもやってきて、茶の間は一気ににぎやかになった。


大人と子供で別々のテーブル席に座り、楽しい宴が始まった。

「和志、大学入学おめでとう！　いい大学に入ったじゃないか！」

おじさんに褒められて、俺はすっかり得意になった。お礼を言うと、

「ほら、合格祝いだ。新生活を始める足しにするといい」

と言って、ご祝儀袋を手渡してくれた。

「ありがとうございます！」

俺は深々と頭を下げた。これで教科書が買えるかな、新しい通学カバンも買えるかな、と期待が膨らむ。

「俊も私立の男子校に合格したんだって？　おめでとう！」

ご祝儀袋を手渡されて、俊がにっこり微笑む。

「ありがとうございます！」

二人でウキウキして中身を確認していると、

「今日はごちそうを作ったのよ。たくさん食べていってね」

おばさんに言われて、俺と俊は目を輝かせた。

大好物のから揚げやお寿司、ピザまである！

久々に大好物がたらふく食べられて、俺と俊はテンションが上がった。

いつもの十円焼きそばじゃこうはいかない。

美香姉ちゃんと芸能人の話をしたり、アニメの話をしたり。俊が最新のゲーム事情を教えてくれたり。

食卓にこんな風に笑い声が響くのなんて、一体いつ以来だったっけ。おふくろもおじさんたちの輪に混ざって楽しそうにしていた。

食後のデザートにカップアイスをぱくついていると、おふくろがついにお金の話を始めた。

「……本当に光明さん、ひどい人なのよ」

「それは大変だな」

「文子ちゃんかわいそうに……」

「それで、お兄さん。……少しお金を貸してもらえませんか……子供たちの入学金で……」

おじさんとおばさんは顔を見合わせた。

「あー悪いな。今はうちも資金繰りが苦しくて……」

「光明さんもおっしゃっていたでしょうけど、経営って難しいのよ」

押し黙ったおふくろの暗い雰囲気を振り切るかのようにおじさんがテレビをつけた。バラエティ番組が始まり、さっきとは雰囲気の違う笑い声が部屋に響きだした。


しばらくすると番組の中で、一人っ子と兄弟のいる子の性格の違いについてパーソナリティーの人たちがわいわい盛り上がりだし、親たちも「うちの子は……」などとおしゃべりが弾みだす。

「うちは美香がしっかりしているぞ。バレエの厳しい練習にも耐えるし、学校の成績もいいし……」

「徹は男の子だからか、反抗期で何を考えているかちっともわからなくて……」

おふくろも返した。

「男の子はよくわからないわよね。私もそう」

「それでも正直なところ、俊のほうが可愛いわ。下の子だからかもだけど……」

「私が光明さんと離婚しようか迷って、あの子たち二人に相談したことがあるのよ。先に相談した俊は『別れてほしくない』って泣いて訴えてきたんだけど、和志の方は表情一つ変えずに、『いいんじゃない。別れれば』ですって！

これって上の子と下の子の違いなのかな。とにかく何を考えているかわからなくって、可愛げがないのよ……」

おふくろと背中合わせに座っていた俺は、その言葉を聞いて固まった。おふくろはおじさんたちと話し続けている。

俺の隣ではアイスを食べ終わって、満足げにげっぷをしている俊が。目の前には、細長い首をかしげて俺たちを見つめる美香姉ちゃんがいる。

光り輝く温かい世界が、突如として、暗くひんやりとした場所に変わった。

おふくろは、俺にだけおやじのことを相談したわけじゃなかったんだ。そうだよな、大切な話だもんな、俊にも聞いて当然だよな。

でも……でも?

おふくろはおやじと別れたくないから、本当は反対してほしかったってこと?

俊はおふくろの相談に反対したから可愛い子供だけど、俺は賛成したから、何を考えているかわからない子供だと思われているの?

じゃあ、俺、「おやじと別れてほしくない、家族一緒がいい」って言ってもよかったの?

俺、おふくろが大好きだから、おふくろの味方だから、俺の気持ちよりもおふくろの言うことを優先して、おふくろについていこうって思ったのに……。

――おふくろは、俺のこと好きじゃないの？――

あの時以来感じていた胸の膨らみが、ぺしゃっと音をたててつぶれた。同時にこんなに親に甘えたがっている自分の弱さに気付き赤面した俺は、ごまかすように慌ててジュースを一気に飲み干した。

第十章

父からの贈り物

「はいこれ、入学金と前期の授業料よ」

おふくろが俺に札束の入った袋を渡してきた。

「すごい！　用意できたんだ！　ありがとう!!」

と受け取ると、おふくろが、

「お父さんにお礼言っておきなさいね。このお金はお父さんが用意してくれたものなのよ」

と驚くようなことを伝えてきた。


「え？　お父さんが？」

「あなたも俊も入学だから、お母さんだけじゃどうしてもお金の用意ができなくて。連絡を取ったの」

「よく連絡先がわかったね……」

「ケータイの番号は聞いていたのよ」

「お父さん、今仕事しているの？」

「どうかしら。仕事をしているようには思えないけど……。これもたぶんサラ金で借りたお金なんだと思うわ」

「そうなんだ……」

「電話番号はこれよ。お礼しておきなさい」

「わかった」


「それでね。お願いがあるの」

おふくろが居住まいを正して、俺をまっすぐ見つめる。俺も姿勢を正した。

「お母さん、二人分の授業料を払うのは無理だと思う。

和志、お前もう大学生なんだし、バイトして、あとの授業料は自分で何とかしてくれない？」


言われると思っていた。

今だって生活はきつい。サラ金の取り立てはなぜか減っていたけれど、それがなくたっておふくろの安月給じゃ、三人食べていくだけで精いっぱいだ。

俊は一番偏差値の低い公立高校でも成績が足りず、やむなく私立の男子校に入学することになったけど、俺の大学でかかる費用と大した違いがなくて驚いた。

十八歳になって、俺はバイトどころか就職だってできる。学生という身分はあっても、一人前にならないといけない、そういうことだ。

「わかってるよ」

俺は笑っておふくろに答えた。

「育英会の奨学金制度もあるし、お金は自分でなんとかするから、安心して」

おふくろの上がっていた肩がほっと緩んだ。

「うん。じゃあ、申し訳ないけどよろしくね」

そこからはドタバタだった。

銀行に入学金と前期授業料を振り込みに行ったあと、書店やお店の求人広告を見て、バイト情報を探し始めた。

春休みだから、今すぐにでも働ける。急募していたのが、自宅の最寄り駅にあるファミレスだった。

「明日からでも働けるの?」

「はい、大丈夫です」

「ああそう！　じゃあ、明日十四時に研修するから来てくれる？　これ契約書ね。ハンコは持ってる？　ああ、ないの。じゃあ、拇印でいいや」

背が高くほっそりとしてなで肩、髪を七三に分けた黒縁眼鏡の男性。三十代とおぼしきファミレスの店長は、午後の空いているファミレスの客席で、捕まえた魚は逃さない！といった勢いで俺に話しかけた。

「じゃ、明日は銀行口座の通帳と印鑑、それと白いソックスを忘れないでね。制服を着るから髪も整えて。あ〜ちょっと長いから、来週にはもう少し切ってもらえるといいな。できる？　……OK、頼んだよ。じゃあ、明日待ってるよ！」

連絡した当日にいきなり採用された。

こんなにあっさり仕事が手に入るのか、とちょっとびっくりした。

おやじがあんなに仕事で苦労しているのは、どうしてなんだろう。おじさんとおばさんが言っていたように、経営者って目に見えない苦労が多いのかもしれない。

店を出て、俺はおやじにお礼の電話をかけてみることにした。

第十一章 光明とジャネット

「まっちゃーん！」

「みっちゃん、どうした？」

古ぼけたアパートの薄いドアを開けて、満面の笑顔で帰ってきた光明を見て、私はちょっとびっくりした。くたびれたスーツをまとった光明は笑いっぱなしで話し続ける。

「和志が大学に合格したんだよ！」

「へえ！　そりゃめでたいじゃないか！」

「しかも、その電話を和志がかけてきたんだよ。俺うれしくってさあ！」

「ははは！　にしても、大学だとお金がかかるんじゃないか」

「そうなんだよ。だから、入学金と授業料になるように、文子にお金を渡しておいたんだ」

「え！　金なんてないだろ？　まさか……」

光明はふっと遠くを見て笑った。

「サラ金さ。あと何十万か借金が増えたところで変わらんよ」

「みっちゃん……」

光明がフィリピンに向かって二か月後。

私もあとから追いかけて、現地に到着した。M&Aがうまくいくように二人で必死に努力したが、結局、騙し取られていることがわかっただけだった。

フィリピンでも借金に追われる生活をする三年間、私たちの味方をしてくれたのがジャネットだ。彼女は私たちの事務所の秘書だったが、騙されて困窮しているのを見かねて助けてくれるようになった。

彼女は日本が好きで、ワーキングホリデーの申請もしている最中だった。日本語が話せるので会話にもさほど不自由しない。そのうち個人的な話もするようになっていった。

「日本に戻ったほうがいい」

あるときベッドの中でジャネットに言われた。

「円高だからフィリピンの借金、早く返せる。私も日本に行ってお金稼ぐ。家族にお金送りたいもの」

「そうだな……」

私は煙草の煙を空中に吐き出した。日本でつくった大きな借金は、こっちで一瞬つかんだ大金を使って、大方返し終わっていた。日本に戻ってまた本気で働けば、円高の今、返せない金額でもない気がする。

日本はまだITバブルで儲かっている。戻るなら今がチャンスかもしれない。

「ジャネット、日本にはいつ行くんだ？」

「あと何か月かしたら行きます」

「じゃあ、そのときは私がジャネットの面倒を見るよ。先に戻っているから、必ずおいで」

ジャネットの目が大きく開かれ、「ワオ！」と言って、私に抱きついてきた。

私はジャネットの髪を優しくなでながら、光明に日本に戻る話をどう切り出すか、あれこれと考え始めていた。

「もう三年だな……」

あるとき光明と屋台で夕飯を食べているとき、そう持ち掛けてみた。

「ああ。わざわざ海外まで来て、また借金だけ残るなんて、しゃれにならねえよ」

光明が火のついた煙草を苦々し気に押し潰した。

「それでさ。日本はまだ景気がいいじゃないか。戻ったほうがいいと思うんだが……」

「え？」

光明は驚いて俺を見返した。

「また借金が膨れたのに、日本に帰る？　できるわけないよ！　文子になんて言われるか！」

立ち上がりかけた光明をまあまあと抑える。辛抱強く話し続けた。

「考えてみろ。日本は今八〇年代のバブルに匹敵する空前の円高ブームだ。日本で稼げば、こっちでできた借金をより早く返すことができるんだぞ！　自分の国のほうが起業だってうまくいくだろ。帰るなら今じゃないのか!!」

「……!!」

光明の目がぎらっと光った。私が好きなあいつの目だ。

「なるほど……。たしかに今の波に乗らない手はないな」

「ああ！　青森から出て、二人ででかい会社を立ち上げることが、高校の頃からの二人の夢、だったじゃないか！

私はみっちゃんがいたから、ここまでやってこれたんだぞ！　このまま外国でおとなしくしているわけにはいかねえだろ!!」

目が合うと、にやりと笑いあう。そして乾杯。

「よし！　帰ろう、日本へ!!」


そうして私たちはやっとの思いで日本に戻ってきた。古いアパートを借り、借金を返すめどを作りながら起業するが、なかなか思うような結果が出ないまま、ずるずると数か月が過ぎた。

私はまもなくジャネットが日本に来るので焦っていた。起業を諦めて、会社員として働きたいという気持ちが、日々胸の中で切ないくらいに大きくなっていくのを感じる。ジャネットとのささやかな日々を送る空想が今の私の救いになっていた。

だが、光明のことがどうしても引っかかる。あいつは私を裏切者だと思うだろう。


ある日、厳しくなった取り立てに音を上げて、光明は文子さんのところに金を借りに行った。だが、大ゲンカになった、と言ってめちゃめちゃに酔っぱらって帰ってきた。

「ひでえ話だよおお」

カップ酒を震える手で飲みながら光明はぶちぶちとこぼし続けた。

「三年も連絡をしなかったのは申し訳なかった！って思うんだよっ」

「でもさあ、俺、亭主よ、亭主！　一家の主よ、あ・る・じ！」

「ちょーっとお金を借りようとしたくらいでさあ、コップや皿を投げつけたりするう？　鬼婆になっちゃったんだよ、あいつはさあ……」

「かーっ、昔は美人だったのによお。白髪も生えてしわだらけでさあ。あげくにおっかなくなっちまって。まったくふざけんなってえのっ！」

机に突っ伏した光明に、私は黙って水を渡した。さすがにちょっと飲みすぎだ。

「ありがとお！　まっちゃんは俺の味方だよ！」

と言って、すすり泣き始めた光明にただならぬものを感じ、私は「どうした？」と尋ねた。

「和志と俊がさ……」

「俺のことぎょっとした目で見たんだよ」

「三年ぶりに会ったんだからさあ、『お父さん！』って、喜んで飛びついてくると思ったのによお」

「あいつら……俺が家に入ったら、知らない人が突然家に入ってきた！　みたいな顔してんだぜ……ひでえよ……あんまりだよ……」

「連絡しないで突然帰ったから、驚いたんじゃないのか？」

「今までだって、連絡なんかしないで帰ってたさ！　それでも二人とも俺のカバンを持ってくれたり、手を引いて居間に連れて行ってくれたりしてたんだ！」

「いくつのときの話だよ」

私は思わず苦笑いした。

「大人になってきたってことだろ？　そんなに気に病まなくて大丈夫さ」

「違う」

突然素面になって光明がつぶやいた。

「和志の目……。あれは俺を軽蔑している目だ……」

汚いゴミでも見るような目をしてた……

俺はあいつの父親なのに……」

そういって、光明はさらにカップ酒をあおった。

いくらなだめてもなだめても、光明の悲しみは収まらず、家族との乖離を埋めるかのように、その日は潰れるまで飲み続けた。


あの日、突然の帰宅でぎくしゃくした関係になってしまって以来、家族と連絡を取っていなかった光明。大学のお金を贈ったことで、お礼の連絡がきたのが、よほどうれしかったのだろう。

和志からのケータイの着信を何度も見ては、彼女から初めて教えてもらった電話番号のように、大事に大事に住所録に登録した。


「俺さ！　あいつが大学に通う四年間のうち、半分でもいいから、授業料出してやりたいって思うよ。そして社長になって、あいつらを安心させたい！」

「それなんだが……」

私はごくりと唾を飲み込み、一気に話した。

「もう諦めないか、起業。勤め人になって、コツコツ稼いだ方が、光明も和志君の授業料を払えると思うんだ」

呆けたように固まった光明の顔を見ながら、私の心はコンクリートのようになっていた。最後まで言い切るしかない。

「みっちゃん、もうすぐジャネットが日本に来るんだ。私はジャネットと結婚したい。家庭が欲しいんだ。勝手な話で申し訳ないんだが……」

「え、えええ？　ジャネット？　結婚？？　お前たち、いつそんな関係になってたんだよ？」

驚きすぎておかしくなったのか、光明は腹をよじって笑い始めた。

「ふひゃひゃひゃひゃ、あーはっはっはっは！　やべえっ、笑いが止まんねえ！」

私はどうしたらいいかわからず、呆然と光明を見つめた。

「あーはっはっはっ、なんだよ、そういうことなら早く言えよ！　まっちゃん、俺はお前の親友なんだぜ！」


涙をぬぐって、まじめな顔をしたかと思うと、正座して頭を下げてきた。

「おめでとうございます！　まっちゃん、幸せな家庭を築いてください！」

涙がどっと溢れてくる。みっちゃん、お前はやっぱり私の親友だ！

「えーと、突然なんで、ご祝儀と言ってもささやかになってしまいますが……」

ごそごそとくたびれた背広の内ポケットをまさぐると、

「はい、お祝い」

と言って、くしゃくしゃになった五千円札をきれいに伸ばして手渡そうとする。

「だめだ！　これはもらえねえよ！」

押し返そうとしたのに、光明の力は強くて、手に握らされてしまった。

光明が優しく微笑みかける。

「まっちゃん、お前にはまだ頼ってくれる人がいるんだな。ジャネットと幸せになるんだぞ」

「みっちゃん……」


それから、二人で男泣きに泣いた。

高校時代の二人の野心に満ちた夢、上京してきてからのまばゆい東京でのよもやま話、結婚して子供ができて、いよいよ起業して……思い出話は尽きなかった。いつまでもいつまでも話していたい。

私たちは二人で一人。楽しみも苦しさも一緒に乗り越えてきた。

だからこそ、これから先の道がはっきりと分かれてしまったことが、言わなくても二人にはよくわかっていた。

一か月後、ジャネットが来日するのに合わせて、光明がアパートを出た。就職先を探しているのだが、アル中が酷くなり、全身が震えているのがわかるからだろう、まともな勤め先は見つからないままだった。

だが、住まいの当てはできたらしい。格安な金額で、二十代のホストが共同でアパートに住まわせてくれることになったという。

「とりあえずはすぐ金になる空き缶拾いでもしてさ、勤め先を探すよ。ジャネットによろしくな！」

そう言って、小さなボストンバッグ一つを手に、アパートを出ていった。

「困ったら、いつでも泊まりに来いよ！」

「おう！」

手を振って、光明は去っていった。

私は光明の背中が見えなくなるまでずっとずっと見送っていた。

私が見ているのがわかっているからか、光明はついに一度も振り返ることはなかった。

第十二章 さよなら、おやじ。

大学は想像以上に楽しいところだった。

毎月の授業料を奨学金とバイト代でコツコツ積み立てていくのは、サークルの飲み会や旅行もあって、正直なかなか大変だったけど、この空間に四年間いたい！　という気持ちは日々強くなっていった。

授業の合間を縫って、朝・昼・夜といろんなバイトを入れていく。ファミレスに家庭教師、塾講師に肉体労働。世の中にはこれでもかというくらい、いろんな仕事があり、どこでもバイトとして雇ってくれる。

一時間働けば、俺の口座にちゃりーんとお金が入る。おふくろには俺の生活費もいらないと断わって、自分の収支をきっちり計算した。

お金の心配をせず、自分の面倒を自分で見られるって、なんて安心できることなんだろう！

もうお金が足りないからとスーパーに買ったものを戻して返金してこなくても、役所のおじさんの前で素知らぬ顔を取り繕って、督促状を延滞金抜きのお金と共に手渡さなくてもいい。

好きに洋服を買いに行ったり、ＣＤや本を衝動買いしてもいいんだ。大学の授業料だって、育英会の奨学金があるから授業料の半分はなんとかなっている。残り半分ならバイト代でなんとでもなるだろう、と踏んでいた。

ところが、困ったことが起きた。

寝不足でまともにご飯も食べずに休みなく働いているせいか、どうにも風邪が治らなくなってきたのだ。

小学校のクラスメイトのお父さんがやっている耳鼻科が通いつけだった俺は、今日も薬を出してもらいに、次のバイトとの間に病院に立ち寄った。

お医者さんは、はあああと大きなため息をついて俺の顔を見た。

「あのね、和志君。いい加減にちゃんと寝ないとだめだよ！」

お医者さんの顔から、友達のお父さんの顔に変わったのに気づいて、俺は慌てた。

「す、すいません。気を付けます……」

「薬を出したってね、ちゃんと寝てちゃんと食べて、規則正しい生活を送らないと、病気は治らないもんなんだ」

「はい。ごめんなさい……」

わかっちゃいるけど、体よりお金が大事。

俺は気にすることなく、薬をがぶ飲みして働き続けた。

ところが、いくら薬を飲んでも、喘息のように咳が止まらなくなってきた。せっかくお金を稼いで通っている大学なのに、授業も耳に入らなくなってくる。

じわじわとヤバさを感じ始めていた。


「大学にも奨学金があるの、知ってる？」

語学のあと、学食でクラスメイトとご飯を食べているときに、そんな話題になった。

「なになに？　知らない」

「サークルの先輩が教えてくれたんだけど、成績優秀者には奨学金が出るんだって！」

「マジで！　どういう仕組みになってんの？」

そいつが話すには、学期末までの成績が出たところで、大学の事務局に書類を提出し、面接を受けた結果で、学費の一部が免除されるそうだ。優秀度に応じて、学費丸ごと免除～学費の三割免除までのランクに分かれているのだという。

「いいじゃん！　俺、受ける！」

友達も受けるというので、二人で書類をもらいに行った。

Ａ４サイズのあっさりした書面には、自分の成績と大学でやっていること、将来の夢などを書くことになっている。俺はありったけの思いを込めて、書類に細かくびっしりと文字を埋めていった。

面接は学部の教授との一対一だった。一年生で授業内容もまだまだついていけるレベルだったし、自分で稼いだお金で授業を受けているんだから、身につけないと馬鹿みたいだ。そう思って勉強にも手を抜かなかった俺の成績表はＳランクだらけだった。

「随分頑張っているね」

定年間近のおじいちゃん教授に褒められた。

「ありがとうございます！」

「お金に困っているのかね？」

「はい。父が事業に失敗しまして……」

「そうですか……。最近そういう方が増えていますよね。大変だと思うけど、がんばりなさい」

捨てる神あれば拾う神あり。

体が壊れるか、お金が潰えるか、サドンデス状態だった俺の前途はいきなり明るさを増した。

学費全額免除。

管理費年十五万円以外は、すべて免除されたのだ！

これで大学二年生の間にバイトで蓄えられるし、来年も奨学金に挑戦すれば、また免除される可能性もある！

なんとか四年生まで大学にいられるかもしれない！

俺は嬉しくて嬉しくてたまらなかった。

更にいいことがあった。

サラ金の取り立てが減るようになるのに合わせて、おふくろもいつしか離婚の話をしなくなっていたのだ。

ひょっとして、時間はかかっても、みんな元に戻れるのかもしれないな、と、俺はすっかり楽観的になっていた。我が家の最大の金銭的なピンチは過ぎ去ったのだから。

バイトと勉強とサークルであっというまの四年間。大学を卒業した俺は、東証一部上場の通信販売の会社でダイレクトメールを製作することになった。

繁忙期は完徹も当たり前というハードな職場だったが、バイト代とは比べ物にならない給料を貰えることで、辛さは喜びに変わった。おふくろに毎月五万円の生活費を渡せるようにもなり、家の税金や公共料金の追徴金もついに無くなっていった。


そんなある日、おやじが帰ってきた。

前見た時よりもさらに痩せ、さらに小さくなったおやじの手は、遠目からでもぶるぶると震えている。おそらくアル中だ。

白いものの目立つようになった髪はべったりと油染み、顔色は真っ黒で、白目は黄色く濁っている。そして近づいてよく見ると、手の甲にびっしりとカビらしきものが生えていた。

一体どんな生活をしたらこんな姿になってしまうのか。

子供の頃知っていたおやじと、目の前にいる男が同一人物とはどうにも思えず、俺は居たたまれなくなり、バイトで俊のいない一人ぼっちの子供部屋に逃げ込んだ。

だが、一時間も経たないうちにおやじは家から出て行ってしまった。

ちゃぶ台に突っ伏しているおふくろからようよう話を聞くと、金をもらいに来た、ということだった。


借金に追われる中、アル中が酷くなったおやじ。

会社で働くこともできず、松村の自宅に間借りさせてもらっていたが、松村がフィリピンの女性と再婚することになったため、おやじは出ていくことになったのだ。

それで今は、毎日空き缶を拾って小銭を稼いで生活しているらしい。

住む場所がないなら、自宅に戻ればいいだろうに、それは男の沽券が許さないらしい。

家があるんだから、帰ればいいじゃないか。……同性ながら、訳が分からない。


そしておふくろは、まとまった金を渡す代わりに、「離婚してほしい」と告げたのだ。

曲がりなりにもようやくやってきたまともな毎日。それをまた掻き乱されるのは耐えられない。

和志も就職し、俊も専門学校で資格を取った。

離婚しなかったのは子供たちが就職する際に不利になるのでは、という恐怖心からだった。それがほぼ解決したのに、あなたと一緒にまた生活する気にはなれない……。

そう伝えると、おやじは「わかった。離婚届は今度郵送する」と告げて、金を受け取るとあっさり自宅を去った。
今までは帰ってこないことをみずから選択していたが、今夜から、ここは帰ってこられない場所になる。

「さよなら、おやじ」

お父さんと呼んでいた頃の記憶しかない俺が、この晩はじめてあの人を「おやじ」と呼んだ。
血が繋がっている限り、俺とおやじの絆は切れない。でも、その形があの頃と決定的に変わってしまったことを、俺は自分自身にわからせたかった。
離婚届はそれから数日して届いた。手紙の一つもついてなく、片側の埋まった届け出用紙だけが入っていた。

季節は巡り、冬の足音が聞こえていた。

第十三章　電話

年末。忙しい仕事をようやく捌き終わり、同僚と飲みに行った帰り道、見慣れぬ電話番号から電話があった。

「もしもし？」

ちょっとためらうような気配があって、話し出したのはおやじだった。

「もしもし、お父さんですよ。和志だよね、元気ですか？」

ぎょっとして、俺は同僚から離れて、電柱にもたれかかった。

「……そうだけど。……なに？」

「もうすぐお正月だろ。どうしてるかなと思ってな」

「どうしてるも何も……今日が仕事納めだったよ」

「そうか。和志もいい会社に就職できたものな。給料もいいんだろう？」

嫌な予感がした。

「……俺、帰宅中なんだけど、もう切っていい？」

「あ、いや！」

慌てたようにおやじが答えた。

「実はさ、お父さん、今住んでいるアパートを出なくちゃいけなくなってな」

「次の場所を年越し前に借りるのに、十万円必要なんだよ。それで和志にちょこ～っとお金を貸してもらいたいなーってな♪」

おどけた様子で話すおやじの声を聞いた瞬間、俺は恐怖心で一杯になった。

——こいつはおふくろにたかれなくなって、子供に金をせびることにしたのか！

借金だってまだ残ってんだろ！

今回は十万だけど、これを出したら、次はいくらせびりに来るんだよ!!——

目の前が真っ暗になり、倒れそうになる。だが、調子よくしゃべり続けるおやじの声に怒りを奮い起こし、俺は叫んだ。

「ふざけんなよ！　なんで俺がお前に金を出さないといけないんだ！　いい加減にしろ！」

おやじの返事を聞かないよう、急いで電話を切って荒い息をついている俺の姿を、周囲の人がぎょっとして見ている。

混乱と恐怖と嫌悪と怒りと恥ずかしさと悲しさとうっすら湧いた後悔の念にぐちゃぐちゃになりながら、俺は大急ぎでその場を離れた。

大晦日になった。またもや見慣れない電話番号から着信があった。無視していると、二度三度、四度、五度と繰り返し着信した。おやじが電話番号を変えて、金の無心をしてきたに違いない。誰が出るか。

するとと自宅から電話があった。

「もしもし？」

「和志、今どこにいるの！」

おふくろのえらい剣幕に俺は驚いた。

「どこって買い物だけど」

「大変なのよ！　お父さんが危篤なの！　桜林大学病院だから、今すぐ来て！　私も俊と病院に行くから!!」

ぶつっ！　と電話は荒っぽく切られた。

通話の途切れたケータイの画面をぼんやり眺めながら、頭の中が真っ白になる。

年越しの準備で賑わう街の中、忙しなく楽し気に歩いていく家族連れやカップル、友達同士の流れを遮るように、俺は立ち尽くした。

行きかう人たちが俺の体にバンバンぶつかり、チッと舌を鳴らされる。よろめきながら徐々に道路の端に追いやられ、壁にぶつかったところではっとした。

——桜林大学病院！

ケータイで検索し、電車の乗り継ぎを確認する。一時間ほどで到着できそうだ。

いつしか俺は無我夢中で最寄りの駅に向かって走り出していた。

病院に到着すると、おふくろと俊、それにおやじのお姉さんの真理子おばさんと妹の玲子おばさんが待合室に集まっていた。

「和ちゃん！　よかったわ、連絡がついて！　何度も電話したけど、出なかったでしょ。ひやひやしたのよ。お父さんが危篤だというのに、いったいどこで何をしていたの！」

しっかり者の真理子おばさんの説教が始まりそうで思わず首をすくめると、玲子おばさんが割って入ってくれた。

「まあまあ。突然のことだから仕方ないわよ。それよりも和ちゃん、お父さんに会いに行かなくちゃ」

俊と目が合う。

「僕たちもこれからなんだ。一緒に行こう」

と言われ、俊とおふくろと三人でＩＣＵ病棟に向かった。

ＩＣＵ（集中治療室）はしんとした空間だった。生命維持装置につながれた患者さんたちが、同じ薄い青色の治療着を着て、一様に静かに眠っている。

聞こえるのは装置から出るピーっという音とスコーという呼吸のような音、看護師さんたちの忙しそうな足音ばかりで、体からたくさんの管が出た人たちはまるで冬眠しているかのようだった。

看護師さんに案内されて、おやじの眠るベッドの前に立つ。

酸素マスクをはめられているせいもあったが、一瞬、目の前にいる人が誰だかわからなかった。

真っ白になった髪。頬骨の浮き出た黒ずんだ皮膚。うっすら開いている瞼はしわしわで目じりにかけてだらしなく弛んでいる。マスクの下の口はホースを突っ込まれて半開きで、まるで釣られた魚のよう。

俊も動揺して俺に問いかけた。

「兄貴、これってお父さん……だよね？」

「……」

回答に困っていると、おふくろがきっとした様子で言った。

「当り前じゃないの！　あなたたちのお父さんよ！」

といって、薄い上掛けの中からおやじの手を取った。

その手を見て、俺もようやく確信した。

そうだよ、この人は俺たちの父親だ。

大晦日ということもあり、そこから先は病院に張り込みっぱなしになった。

おやじの長年の友人である松村もやって来てくれて、おやじがどんな状態で病院に担ぎ込まれたのかが明らかになった。

「君たちのお父さんは、私のところを出てから、二十代の若いホストの男の子と部屋をシェアしていたんだ」

病院近くの喫茶店で煙草をゆっくりと燻らせながら、松村は俺と俊に語りだした。

「ホストは夜が商売時間だろ。あいつは空き缶拾いだから日中が仕事だ。だから昼間はホストが部屋を使い、夜になるとあいつが部屋に入る。そうやって一つの部屋を二人で使っていたんだよ」

「でも、それが十二月になって大家にばれた。部屋を借りていたのはホストだから、出ていくのはあいつだ。家を借りようにもまとまった金が用意できない。それで今度は飲み友達のところに身を寄せようとした」


ちくっと胸が痛んだ。

ちょうどその頃、おやじから電話が来たはず……。


松村は続けた。

「だが、どこもあいつを引き取れる余裕はなかった。それであいつは飲みに行くという口実で毎日友達の家を転々としたんだ。実際には居場所がなかったからなんだが……」

見栄っ張りだが気の弱いおやじの姿が思い浮かんだ。きっとみんなの前では空元気を出して、不安そうな様子は見せなかったに違いない。そういう馬鹿野郎なんだ。おやじは。

「それで、昨日、いつものように友達の家で飲んでいると、突然あいつがいびきをかいて眠り始めたんだそうだ。その様子があまりにおかしくて救急車を呼んだ時には意識不明の重体。ここに担ぎ込まれたってわけだ」

病名はくも膜下出血。

脳を守っている三層の膜（外側から硬膜・くも膜・軟膜）の中で、くも膜と軟膜の間にある、「くも膜下腔」というすき間に出血が起こった状態を言う。脳動脈瘤というこぶのようなものが破裂し、脳全体が血で覆われる。

破裂した瞬間に、バットでぶん殴られたような頭痛が起き、高いびきをかいて意識不明になったのだ。命にかかわる重症だった。

松村は言った。

「それでな。あいつには健康保険証がないんだよ。ＩＣＵに入ったら高額な治療費がかかってしまう。だから……」

「私が役所に掛け合って、あいつは長く海外にいて日本の保険証がなくなっている。ついては保険証の再発行をお願いしたい、と頼んだんだ」

　といってふところに手を入れると、おやじの保険証を取り出した。

「ほら、これで医療費の心配はなくなるはずだ」

　感謝して保険証を受け取ると、松村が涙ぐんだ。

「君たち二人のこともよく話していたんだぞ。

　和志が東証一部の有名企業に入ったぞ！　って言ってさ。会社のパンフレットを私に誇らしげに見せてくれたんだ。

　俊君は経理の学校に行って簿記二級を取ったんだって？」

　俊と俺はびっくりしてお互いに顔を見合わせた。いつの間にそんなことを……？

　でも、うなずいているおふくろを見て合点がいった。

　話をしていたんだ。

　嫌いになって離婚したわけではない、生活のための決断だったことが、今更のように伝わってくる。

　涙を拭いた松村が立ち上がった。

「君たちはあいつの自慢の息子たちだ。

あいつはこんなことになってしまったが、私もできるだけのことをして君たちの助けになりたいと思っている。だから……」

「あいつを許してやってくれ」


みぞおちがぎゅっと痛くなった。

俺がおやじを忌み嫌っていることがばれている。死を目前にしたおやじを前にしても、ショックを受けたものの悲しさはない。むしろこれで生活を脅かされる心配がなくなる安堵感のほうが強まりつつあるからだ。

そんな俺の冷酷な心を見抜いたような松村の発言に、俺は固まった。

第十四章　命の選択

松村と別れた後、今度は担当の医師に呼ばれた。俊と俺の二人に話があるという。

人気のないソファ席に呼び出されると、三十代くらいの男性の医師は静かにおやじの現在の容体について説明を始めた。

くも膜下出血の概要と、おやじの場合、血液が脳のほとんどを覆ってしまい、ほとんどの生命活動が自力でできなくなっていること。

生命維持装置を外してしまえば、すぐにでも心臓が止まってしまう、脳死の状態にあること。

このまま治療を続けたとしても、意識が戻る可能性はゼロに近く、植物人間としてしか生きられないこと。

そのうえで、法律上家族に当たる俺たち二人に決断してほしいことがある、と伝えてきた。

「お父さんの生命維持装置を外すか、治療を続けて延命するか、選択をしてください」

「あの……それはつまり、父の生死を私たちが決める、ということですか？」

急にからからになった喉に無理やり声を出させながら、俺は尋ねた。

「言い方によっては、たしかにそのようになってしまいますが……。法律では、患者様ご本人に決定能力がない場合、家族の方が決めると定められているのです」

「お母様は離婚されている、ということでしたので、お子様であるあなた方がどうするかを決めなければなりません」

「そんな……突然……」

「装置を外すのであれば、その日のうちにお父様は亡くなります。

延命される場合、治療費がかかってくることはもちろんのこと、救命治療の対象でなくなったら、別の病院を至急探していただく必要があります。

また、植物人間になれば、床ずれの心配もあります。体の状況が今より悪化していくこともご理解ください」

途方に暮れて、俺は思わず俊の顔を見た。

まだ二〇歳にもならない俊は、だんだんと治まりだしたニキビ面で心細そうに見返してくる。

そして

「僕……兄貴に任せるよ」

ぽつりとつぶやいた。

その後も医師との押し問答が続いた。正直、命の判断なんてできない。だから、医師に判断してもらいたかったし、せめて決断の後押しがもらいたかった。

でも、医師は俺たちに判断材料は与えてくれるものの、決断についてはこちらに完全に任せ続けた。

一時間も経った頃、時計をちらりと見て、医師が立ちあがった。

「今すぐ決めろと申し上げているわけではありません。ですが、どちらにするか決断ができたら、看護師にでもいいので、連絡をいただけますか？」

その早く決めてほしい、といわんばかりの態度に思わずむっとしたが、医師の心配そうな目を見てはっとした。

俺だってまだ社会に出たての二十二歳。この医師から見たら、俺もまだ子供なんだ。決断ができるか心配されるのも当然かもしれない。

「わかりました。決まったら連絡します」

きっぱり言って、一礼した。せめてそのくらいはしておきたかった。

おふくろに医師の言葉を伝えると、

「私は離婚してもう他人だから、あなたたちが決めなさい」

と言われてしまった。

そして、そのまま真理子おばさんと玲子おばさんの方に歩いて行ってしまった。相談する暇も与えられない。まるで逃げ出すかのようだった。

「どうしよう?」

と隣にいる俊に尋ねると、

「僕は兄貴に従うよ。自分では決められない」

と、さっきと同じ返事を繰り返してきた。


つまり、それは、俺におやじの生死を握る役をやれ、ということだった。

自然死ではない、他人によって決められる死。

罪を犯して罰せられるわけでもない。意識がないという理由で、血のつながった子供から押し付けられる死なのだ。

頭がくらくらしてきた。
さっきまで感じていた安堵感はどこかに吹っ飛んでしまっていた。
決められない。決められるわけがない。
人の生き死にを、なぜ俺が決めなくてはならないのか。

「ちょっと外を歩いてくる」

病院の空気が急に薄くなり、息が吸い込めなくなった俺は、目の前で突っ立っているでくのぼうを置き去りにして、外に向かって猛然と歩きだした。

第十五章　決断

「あら、俊。和志はどうしたの？」

お母さんと真理子おばさんと玲子おばさん、それに松村が座っている向かい合わせの六人掛けのソファ席にやってきた僕に、お母さんが問いかけた。

「外を歩いてくるって」

「そう……お父さんのこと、どうするって？」

「わかんない」

「ん？　和ちゃんが一人で決めることになったの？　光明兄ちゃんのこと」

玲子おばさんがよくわからない、といった表情でお母さんに尋ねる。

「ええ、私は離婚しているから発言権はございませんし、俊はまだ未成年ですから」

「そうなの？　でも相談に乗ってあげないと、これは一人で決められることじゃないでしょ」

「大丈夫ですよ」

お母さんがふっと笑って言った。

「あの子は昔からしっかりしている子なんです。それに、和志は光明さんの自慢の息子だったんですよ。

そんな子が決断するんですから、光明さんも満足するんじゃないか、と思っていまして」


「そうなの？　私ならほうっておけないけど……」

心配げに病院の外を見やった玲子おばさんに、真理子おばさんが言った。

「玲子、あんたは昔っからそうやっておせっかいだからねえ。和ちゃんももう大人なんだから、相談してほしいと言われたら相談に乗ったらいいのよ。それまではそっとしておいてあげなさい」

「まあ、そうなんだろうけど……」

と言って、ちらりと僕の顔を見る。にわかに罪悪感が湧いてきた。

「ねえねえ、お母さんに言われたとおりに、和志に任せるって言っちゃったけど、やっぱり相談に乗ったほうがよかったかな……」


「いいえ！」

お母さんはきっぱりと否定した。

「和志は一人で考えて一人で決めるのが好きなのよ。この前もバイトして大学の授業料を払ったり、自分でなんでもやれるのが楽しくて楽しくて仕方がないって言っていたわ。きっと……」

「光明さんや私の様子を見て、おなかの中ではずっと呆れていたんじゃないかしら。自分だけは親とは違う、しっかりした人間になるんだって、いつもいつもそう言われている気がしていたもの……」

涙ぐんだ目をこすりながらお母さんは続けた。

「だから、あの子に任せた方がいいんです。あの子は私たちとは違う。もっときちんとした判断をするはずですから」


「……そうかもしれませんね」

松村が腕を組んで言った。

「でも、そんなに和志君に決断を任せてしまって、文子さんはいいんですか？　あいつと長年連れ添ってきたわけじゃないですか。

和志君の決断が、もし文子さんの気持ちにそぐわなかったら、取り返しがつきませんよ。今、話し合っておかなくていいんですか？」

「そうよ、文子さん。ちゃんと話し合わなくちゃ！」

松村の正論に玲子おばさんが乗ってきた。

「……」

お母さんは下を向いて黙ってしまった。僕は言った。

「お母さんを責めるのは違うんじゃないですか？　お母さんは悪くない！」

沈黙が漂った。

それを打ち破ったのは真理子おばさんだった。

「そういえば、お医者様はなんておっしゃったの？　俊ちゃん教えてちょうだいよ」

僕はさっき聞いた話を三人に伝えた。

「植物人間……」

「目が覚める可能性はないの？」

「ゼロ％とは言い切れないけど、ほぼ絶望的だって……」

「治療を続ける場合は別の病院を探すことになるのか……」

「費用もかなりかかるわね……」

再び沈黙が漂う。外はすでに夕暮れだ。皆の姿はまるで、濃くなりつつある暗闇に飲み込まれそうな、一連の彫刻のようだった。

「和ちゃん、決められるかしら」

「わからないわ。帰ってきたら話を聞いてあげましょうよ」

「そうね。混乱しているかもしれないわ」

真理子おばさんと玲子おばさんがひそひそと話し合う。

それを聞いてか聞かずか、お母さんは身動き一つせず、じっと床の一点を見つめていた。

＊

もう夕暮れ近かった。

外の空気はきりりと冷えて乾燥している。和志は頬の皮膚がぴりりと突っ張ったことに気づき、顔を両手でこすった。


――ぼんやりしていたな……。ひょっとしたら、俺はおやじに同化していたんだろうか……。肉体から離れそうな魂と共振していたのかもしれない……。――

ゆっくり深呼吸すると、気管支に冷たい空気が入り込み、お前は生きているとささやかれた。白黒に見えていた世界に色が戻っていく。まるで夢から醒めたかのような。

周りには買い物袋を乗せた自転車に乗る女性と赤ちゃん、公園からの帰りの小学生たち。オレンジ色の光に照らされて、急いで家に帰っていく。帰れば夕ご飯で、宿題やったらテレビ見てゲームして風呂に入ったら寝るんだろ。お父さんだって遅くなるかもだけど、ちゃんと家に帰ってくるんだろ。

当たり前の毎日は未来永劫続くわけじゃない。自分一人があがいたところで、日常はいつだってたやすくくるりとひっくり返ってしまう。

ようやくまともな生活が始められると思ったのに。当たり前の人生を手に入れようと思ったのに。

そんなことがどうでもよくなってしまうような決断に刻一刻と迫られて、俺の足はどんどん重たくなっていった。

どれくらい歩いたのか、目の前に小さな神社が現れた。

鳥居をくぐってコンクリートの石畳を進むと、神社の前にお賽銭箱と申し訳なさげな小さな鈴が吊るされていた。

俺はジーンズのポケットをまさぐって、五円玉を取り出し、お賽銭箱に投げ入れた。

そして、鈴を鳴らし、祈った。

――どうしても決められない自分の弱さに困っています。どうか後悔しないで決められる強さを俺にください……――

手を合わせ、ひたすらに目を閉じて祈った。すべてを神様に委ねる気持ちになって。

目を開けた。決められないのは相変わらずだし、何も状況は変わっていない。

でも、なぜか心が静かだった。

くるりと踵を返して神社を出ようとすると、

「和志、俺のことは気にしなくていいんだぞ」

という声が聞こえた。

振り向くと、宙に浮いて胡坐をかき、一升瓶片手にコップ酒を飲むおやじの姿があった。ニコニコ笑って元気そうなおやじは、「いいんだよ」と呟き、消えていった。

それから先はぼんやりして何がどうなったかよく覚えていない。

でも俺は病院に戻り、看護師さんに医師を呼び出してもらい、おやじの生命維持装置を外してほしい、と伝えた。

装置は明日の午後三時から外されることになり、二時には親族が集まることが決まった。

全てはベルトコンベヤに乗ったようにスムーズに運んだ。

たぶん、おやじが全部自分でやっているんだろ。

そう思えた。

第十六章

ピンポン玉

「田口さん、今日はよろしくお願いします！」

灰色のスーツに身を包んだ田口に、藤井花は勢いよく挨拶をした。

「どうぞよろしく。藤井さんは今日が初めて……でしたっけ？」

「はい！　今とても緊張しています。ほら……」

といって、藤井は細かく震える右手を田口に見せた。

田口は無表情なままだが、優しい声で
「緊張するのは当然です。家族を失う決断をされた方に、臓器提供をお願いするのですから」と言った。

「今回のケースは、臓器提供意思表示カードがないんですよね？」

「ええ。ですが、病院の先生によると、社会人の息子さんに提供の意思がある、ということでしたので、ご家族の方全員にこれからご説明とお願いをしに行くわけです」

「臓器提供の話まで進んだのは、今回でようやく十三例目ですよね。今までのケースではどのような説明を？」


「藤井さん」

「はい？」

「その、『ケース』という言い方、やめていただけますか？」

「え？　あの……」

「あなたにとっては、一つの事例でしかないのかもしれませんが、家族の死に直面されている方々にとっては、唯一無二です。ビジネスライクに表現していい内容ではないと思いますよ」

「す……すみません！」


お正月で浮かれた外界の気分とは異なる、しんとした病院の通路に緊張した二人の足音が響く。

「で、でもですね。臓器移植を待っている多くの家族の方たちがいることも事実です。私は苦しみに耐えている患者さんを一人でも多く救いたいんです。

そのために、あなたが提供者とどういう話をこれまでされてきたのかを、今回のご家族と会う前にぜひお伺いしたいと思っているんですよ。私は日本で十三例目になる臓器提供を、絶対に成功させたいんです!!」

田口の足が止まった。

「藤井さん、あなたはたしか大学で研究者をなされていたのですよね？」

「はい」

「そうですか……」

田口は藤井の目をじっと見て、こういった。

「では、今回は黙っていてください」

「はい？」

「私がやっていることは、『これをやれば絶対成功する』といったテクニックの類ではないからです。見て、感じていただかないと、難しいと思いますよ」

「そうですか……」

そう言うと、田口はもう藤井を振り返ることなく、長い通路を淡々と歩き始めた。


藤井はイライラしていた。

私がこんなに一生懸命頼んでいるのに、今までの説得の様子を教えてくれるどころか、黙っていろ、ですって？

そりゃ、何も教えてくれないんだから、しゃべれるわけないじゃない！

田口に拒否された怒りと屈辱を振り払うように、藤井は今までに出会った、臓器移植を待っている患者さんたちの顔を思い浮かべた。

そうよ。黙っていろと言われたって、必要な時は話をすればいいんだわ。今日時点の情報では、腎臓の移植可能性のある人が二名、それと、角膜が一名いる。三名とも救える絶好のチャンスじゃない！

この男がどう話を持っていくかはわからないわ。でも、私は最大限の努力をしよう！

そう思いなおすと、藤井は前を歩く田口の背中をにらみつけた。

*

親族一同が集まった。おふくろに俊、俺、真理子おばさん、玲子おばさんの計五名。

待合室で待っていると看護師がやってきて、会議室に案内された。中で、担当の医師が一人で待っていた。

装置を外す前にまだ打ち合わせが？　と皆で戸惑っていると、

「お忙しいところお集まりいただき、ありがとうございます。皆さま、お座りいただけますか？」

と医師に促された。

そして全員が着席したタイミングを見計らったように、地味なスーツ姿の男女二人組がドアを開けて現れた。

初老の男性と若い女性の組み合わせで、誰の知り合いでもなさそうだった。この人たちは？と思っていると自己紹介された。

「私共は臓器移植ネットワークのコーディネーター、田口と藤井です。お父様の臓器をご提供いただけないかご相談に参りました」

田口と藤井と名乗る二人は、資料を配ると、一人一人をしっかり見ながら、静かに説明を始めた。

「……事故や病気によって、病院で最善の救命治療を受けましても、大変残念ながら回復の見込みがなくなることは、誰にでもございます。そのような場合、死後に臓器を提供するかについては、本人のご意思が不明な場合でも、ご家族の承諾だけでお決めいただくことができるのです」

「今回は脳死状態でございます。提供できる臓器があることがご担当の医師によって確認されておりますし、社会人のご子息様が臓器を提供する意思がおあり、と伺っております」

ない。

「そうなの？」

と俊が聞いてきた。

「う……ん、よく覚えてないな。いろいろな書類の手続きがあったし、お医者さんから一気にいろんな話をされたから……その中で答えていたのかも……」

俺は昨晩のことを思い出そうとしたが、なんだか妙な多幸感があったことくらいしか覚えていない。

色々と説明したあとで田口が言った。

「私たちは本日、腎臓のご提供がいただけないかと思い、お伺いいたしました。このようなお辛い状況で大変驚かれていることと思います。ですが、お父様の腎臓が重い病気で苦しむ方の中で生きられる、ということでもあります。臓器提供を受けたドナーの方からは、お写真とお手紙が送られます。皆さん、健康を取り戻し、日常の生活に戻ることができるのです」

見せられた手紙には、腎不全になって透析施設で毎回何時間もかけて透析をするのが苦しかったこと、いつ死ぬのか毎日絶望的な気持ちで生きていたこと、それが、腎移植ができたことで、むくみや吐き気で外に出るのも嫌だった自分が、妻と外を散歩できるようになったこと、つらい透析を受けなくてよくなり、精神的にすっかり楽になったことなどがびっしりと書き込まれていた。

写真の中では中年の夫婦が並んで立っている。毛糸の帽子をかぶったおじさんの顔が、ありがとうと言っているようだった。

「腎臓提供、俺はいいと思うんだけど……」

口火を切ったのは俺だった。

神社でおやじの姿を見たときから、俺はすっかり流れに身を任せるようになっていた。みんなが一様に頷くのが見えた。

その様子を見て藤井が言った。

「ありがとうございます！　それで、もし可能であれば、角膜のご提供もいただけませんでしょうか」

「角膜……？」

「はい。眼球をいただいた後は、医師が丁寧に処理し義眼を装着しますので、摘出前と全く同じようになり外観が見苦しいことは絶対にありません。また、火葬後は義眼ももちろん何も残りません」

「義眼ってどんなものなのですか？」

「ピンポン玉のようなものと思っていただければ……」

「ピンポン玉……」


宙に浮いたおやじの姿を思い出した。目がピンポン玉になっちゃったら、おやじはどうするんだろう。腎臓は見えないからともかく、これからあの人はピンポン玉の目玉で死後の世界をいくことになるんだろうか……。

そう思ったらぶるっと震えが来て、俺は丁重に辞退させていただいた。


藤井は何か言いたそうだったが、田口がそれをやんわり押しとどめ、腎臓摘出に関する説明を始めた。

「腎臓の摘出は、心臓が停止した後で問題ございません。お父様をお見送りいただいた後、私たちが入って摘出をさせていただきます」

その後、様々な手続きを終わらせると、二人は深々と頭を下げ、準備があるので、と言って退出した。

まもなく看護師がやってきて、一同はＩＣＵに向かって歩き出した。

ＩＣＵでは、医師と看護師がおやじの両側に立っていた。俺たちは深々と二人に礼をし、おやじの足元あたりに立つ。医師が説明をする。

「では、これから生命維持装置を止めさせていただきます」

ピッピッピッピッ……規則正しく動いていた機械が、医師と看護師の手によって、一つずつ消されていく。最後の一つが消されて、医師が言った。

「あとはお父様がどれだけもつかです。しばらくは心臓も動いていると思います」

モニターを見ると、心臓が規則正しく動いているのがわかった。

トクン　トクン　トクン

トクン　トクン　トクン

トクン　トクン　トクン

「あら光明、ちゃんと心臓動いているじゃないの」

真理子おばさんが前のめりになってモニターを見つめた。

玲子おばさんも「そうね。意外と元気じゃないの」と嬉しそうに呟いた。

一分、二分、三分……五分を超えた頃から、実はおやじはまだ死なないんじゃないか?という気持ちが湧き上がってきた。希望をもって医師を見るが、医師はじっと動かない。これも予測の範囲内であることがじわりと伝わってくる。

「あれ? 脈がだんだん遅くなってきてない?」

俊がつぶやいた。

ふとモニターを見ると、たしかにモニターのグラフがさっきより間隔が広がっている。おやじの脈を診ていた医師が言った。

「そろそろです」

その言葉を合図にするかのように、脈はどんどん遅く、弱くなっていった。

ろうそくが燃え尽きて、芯だけになってもしばらくはじわじわと炎が上がる。でも、それも一時で、炎の勢いは弱まり、最後には黒い煙が上がって炎は沈黙する。

まさにそんな風に、おやじの心臓は静かに静かに停止した。

「ご臨終です」

体から装置がどんどん外されていった。おやじの体にはもう生気のかけらも残っていない。いや、おやじの魂は脳死になったときに、とっくにこの体から抜け出していたのだ。あとは肉体が活動を止めるのを待つための時間、俺たち生者が気持ちの整理をするための時間が必要だったにすぎないのだ。

終わった、と思ったとたんに、勝手に涙が溢れた。

そしておやじと影踏みをしたあの頃の記憶がよみがえってきた。

あのときのおやじは、たしかに俺にとって大好きな父親だった。

それを永久に失ってしまった寂しさが体を包んだ。

ああ、決断は間違っていなかった。この決断は正しかった。

だが、俺はかつてあんなに好きだったおやじの命を終わらせた。

誰が何と言おうと、父親を殺めたのは、この俺だ。

カーテンの向こうで待っていた田口と藤井が、俺たちと入れ替わりでベッドの方に消えていった。

もうここにいる必要はない。俺たちはＩＣＵを後にした。

第十七章　思い

三が日を外し、四日にお通夜をしたが、身内と松村以外、人はいなかった。しんとした静けさ。社会との接点を失ったおやじの寂しさが透けて見えた。

だが、翌日の葬儀は日曜日だったからか、朝から飲み友達や飲み屋のおやじたちがわんさと集まってきて、急に賑やかになった。

皆、お焼香を済ませると、二階で精進落としをするが、しんみりしている感じは全くなく、宴会に似た活気があふれ始めた。

俺が喪主として、お坊様へのお礼などもろもろ済ませて二階に上がると、急にアルコールの匂いに襲われた。赤ら顔の人たちがテーブルごとにわいわいと笑いながら盛り上がっている。みんな何だか楽しそうだった。

玲子おばさんとおふくろと俊が見知らぬ女性と話しているのに気がつき近づいた。

年齢はおふくろと同じくらいだろうか。化粧をしてパーマをかけた髪型で、喪服を着ているのになんだか派手な感じを与える人だ。

お酒を飲んですっかりできあがって、隣の男性とがははと笑いながらしゃべっているからかもしれないが……。

「……それでさ、光明ちゃんがこの人の自宅に大晦日に来たのよー！　私たちも光明ちゃんが住むところがなくなったのは知ってたからさあ、心配しててね。『もうお正月でしょ？　どうするのよ？』って聞いたら、『社会人になった息子が優しくてさ、お金を貸してくれた上に、正月くらい泊まりにきなよって言ってくれたから、正月は大丈夫だよ』って嬉しそうに返事をするじゃない！　私たちも安心してさあ。『そりゃあ、よかったわね！』って話していたもんさ。なのに、その晩にこんなことになったでしょ。光明ちゃんも本当に無念だったでしょうよ……」

と、その女がまくしたて、隣の男と一緒に「光明ちゃんのために！」と献杯を始めた。

おふくろが不思議そうに俺を見た。

「和志……どういうこと？」

ゴクリと生唾を飲み込んで俺は答えた。

「仕事納めの日におやじから電話があったんだ。俺のケータイに。十万円貸してくれって言われたんだけど、一度貸したら次から次へと金を借りにくるんじゃないかと怖くなって……おやじの話を途中で遮って、電話を切ったんだ……。なのに、おやじ、なんであんな話を……」


おふくろと俊、玲子おばさんと俺の間に沈黙が漂った。


おやじは他人の目を気にする男だ。

でも、どれだけ金に苦しくても、実の子供に金を借りに来たことは一度もなかった。それが初めて金を無心した。それなのに、俺に怒鳴られ拒否された。

そんなこと、友達に言えるはずがなかったんだ。


そして、最後に頼ったのが俺だ、という事実が今更のように俺を打ちのめした。

長男の俺のことを「跡継ぎだ」と言って、おやじはとてもかわいがってくれた。

そうだよ、おやじは俺を純粋に愛していたからこそ、最後に俺を頼ってきたのではないのか。

おやじと俺の幸せな時間。あの影踏みの思い出がおやじの中にもあったからこそ……。

「俺の……せいだ……」

血を吐くような気持ちで俺は呟いた。

「俺が金を貸していれば、こんな嘘をつかなくてよかったのに……おやじは……今でも……生きていたかも……」

うなだれた俺の肩を、玲子おばさんががっとつかんだ。

「和ちゃん！　違うわよ!!

もし私がお金を借りに来られても、きっと同じことをしたと思う。

和ちゃんのやったことは間違ってない。……仕方のないことだったのよ……」

涙のにじむ目でまっすぐ見つめられ、俺はどうしたらいいかわからなかった。

ただ、「はい……」と返すだけで精いっぱいだった。

そのとき視線を感じた。ふと目をやると、おふくろと俊が俺をじっと見つめている。

その視線は玲子おばさんと同じものではなかった。

＊

「どうして和志はお父さんのこと、話してくれなかったのかしら」

お母さんが和志をじっと見据えたまま、僕に話しかけた。

「僕もそう思った。お金を貸すなり、うちに来てもらうなり、できたんじゃないの？　そうしたら、お父さんは今ごろ死んでなかったかもしれない……」

僕はお母さんが「和志が何を考えているかわからない」と言っていたあの夏の日を思い出した。

そうか、こういうことか。たしかに全然わかんないや。

和志……。

あいつは何でも一人で決めちゃうから、こんな取り返しのつかないことになるんだ。

頭がいいから、なんでもわかると思って、うぬぼれてたんじゃないか？　それが今、大失敗したことがわかって後悔してるのかよ！

後悔したって、お父さんは帰ってこないじゃないか！

お金を渡さなかったから、お父さんは倒れたんだろ！

生命維持装置を外すのだって、和志が勝手に決めたじゃないか！
お父さんは温かかった！　命があった！
なのに、お父さんは、今、とても冷たいじゃないか！
どうしてこうなった？
僕とお母さんの気持ちなんて、
お前、これっぽっちも考えなかっただろ!!

「キャーッ！」

血が上った頭に鋭い叫び声が響いた。
振り返ると、お母さんが倒れている。

「お母さん！」

慌てて抱きかかえると、顔色が真っ青だ。
「貧血ね」

「心労がたたったのよ。横にならないと」

「僕が連れていきます」

　ぐいっとお母さんを抱きかかえる。

　軽っ！

　膝の上に乗っていた頃のイメージが強いからか、勢いよく抱きかかえたお母さんは予想外に軽く、思わずよろめいた。

「大丈夫か？」

　僕の背中を和志が支える。

「触るな！」

　自分でも驚くくらいの大声が出た。

　和志が、はっと息をのんだのがわかった。

「大丈夫。僕が連れて行くから」
僕はお母さんを抱いて歩き出した。
お母さんは「俊……」と言って、僕の袖にしがみついた。
大丈夫だよ、お母さん。
僕はいつまでもお母さんのそばにいるから。
お父さんの分も、僕が一緒にいるから。

第十八章　抹茶ミルク

葬儀の後、俺は一人で早めに自宅に戻った。

そして、身の回りのものをかき集め、家を出た。

もうあの二人とはいられなかった。あの視線を見返す自信が持てなかった。


荷物の中には、形見分けのときにもらった一冊の本も入っていた。

おやじが遺した所有物は、古ぼけたボストンバッグ一つだけで、その中に、数枚の肌着と靴下、免許証、小銭しか入っていない財布とこの本があった。

おふくろは本には興味がないから、と俺にこの本を手渡した。

何度も読んだらしい手あかのついた本が、おやじの分身に見えた。そいつを置き去りにすることは、どうしてもできなかった。


電車に乗ったのはいいものの、あてはなかった。ふと、昔、家族が住んでいた町に行ってみる気になった。

駅に降り立つと、相変わらずこじんまりした駅で、住宅街がひしめいているのが見えた。

商店街の肉屋さんが揚げ物を売っている。幼稚園の頃は、帰りがけにここでよくハムカツを買ってもらったっけ……。

ショーケースを見ると、一枚百円のハムカツはまだ健在だった。

急に愛おしさに包まれて、俺は揚げたてのハムカツをぱくつきながら懐かしい通りをゆっくりと歩いた。


そのうち、町の中央を走る三沢川にたどり着いた。

水がきれいでたくさんの鯉が泳ぎ、白鷺が飛び回る川で、両側が桜並木になっている。春になると川の両岸が桃色に染まり、ひらひらと舞い散る花弁が川自体も桃色に染め上げる。

そんな桜の季節、よく川沿いの歩道を散歩したものだ。

あの頃おふくろのおなかには俊がいて、俺の両側には両親がいた。

四人で歩いた道を、俺は今、一人で歩いている。

夕暮れになっていた。枯れ葉の残る桜並木の下を歩いていると急に雨が降ってきた。

三沢川沿いの住宅街には雨宿りできる場所がみあたらない。小走りに先を急ぐと、小さなカフエが目に入った。

そして今、俺はカウンター席で温かい抹茶ミルクを飲みながら、ぼんやりと物思いにふけっていた。

ザーザーと雨が降り、窓に雨がたたきつけられる音がする。雨宿りをしていたが、どうやら雨はますますひどくなるらしい。

抹茶ミルクの後味の悪さにちょっと嫌な気分になりながら、俺は立ち上がった。

「ごちそうさまでした」

お金を払うと、マスターが心配そうに話しかけた。

「雨がひどくなってきましたね。駅まではここから十分ほどかかりますが、傘はお持ちですか？」

「あ、いえ……」

「では……」

と言って、マスターはドアの横の傘立てから、ビニール傘を一本取って俺に手渡した。

「これをどうぞ」

「えっ、悪いからいいですよ」

と断る俺に優しく微笑んでマスターは言った。

「この傘はほかのお客様が数か月前に置き忘れたものなのです。どうぞ使ってください」

お礼を言って外に出た。雨だけでなく風も強くなっている。傘を差したが、足元はみるみる水浸しになっていった。

橋があった。ここを渡れば駅まですぐだろう。

そう思って、橋を渡り始めたとき、今までにない強風が吹いて、手から傘がもぎ取られた。

傘はあっという間に橋を越え、川の中に飛び込んでいった。

水かさが増し、濁り荒れ狂った水がどうどうと音をたてて流れ去る。

そこへビニール傘が飛び込んだ。

ふわりと水に浮いた傘は、次の瞬間、濁流にのみ込まれた。

そして取っ手の白い部分がちらりとのぞいたかと思うと、再び水中に没し、二度と上がってはこなかった。

第十九章　青森

「もうすぐつくぞ」

　と私は新幹線の席でジャネットに声をかけた。

　東北新幹線が東京・新青森間を開通したのは十年ちょっと前のことだったか。それまでは夜行列車でしか行けなかった故郷がずいぶんと近くなったものだと思う。

　でも不思議なもので、体感距離が近くなったからといって、心の距離が近くなったわけではない。むしろ、いつでも行けるという気安さから、故郷を思い出さない日が増えている気がする。

　新幹線ができてから故郷に戻るのは、今回ようやく二度目。それも結婚相手のジャネットを父母に紹介するためだ。

　こんな重要な節目にしか故郷に戻ろうと思えなくなったのは、距離が近くなったことと、決して無縁ではない。

などと自分にちょっと言い訳をしてみるが、父母の懐かしい顔と電話越しの驚いた声を思い出し、思わずふっと笑ってしまった。


「あ、笑った」

とジャネットが私を見て微笑んだ。

「ああ、すまん。思い出し笑いだ」

「楽しそうで、いいね」

「そうだな。なんだか愉快な気分だよ」

「うちに帰れるから?」

「そうだな。それもあるな」

と言って、私はジャネットのおなかにそっと手を触れた。

孫がもう一人増える、と聞いたら、父と母はどんな顔をするだろうか。この年になって今更、と叱られるだろうか。


由美子が実家に戻って、義父母と娘たちとにぎやかに暮らしていることは、メールでつながっている娘たちからこっそり教えてもらっている。

そして、私が再婚することや相手が外国人だと知ったときの、娘たちのメールでの反応はすごかった。

「妹はハーフですか！　それ間違いなく、美人になるんじゃゃね？」

「お父さん、がんばったね。いい年なのに(笑)。ちょっと見直したわ〜」

離婚して離れて暮らすようになってからの方が、近くなった娘たちとの距離。

私はダメな父親だったが、そんな生き方を誤魔化さずありのまま見せることが、私の役割なんじゃないかと、最近はそう思えるようになった。

時間は進む。いやが応もなく。

生きている間は、あらゆることが時の波に逆らえないまま、ひたすらに押し流されていく。

今ここにあると信じていたものも、気づけば手のひらから水のようにこぼれ落ちて消えていく。

残るのは砂のように硬くて小さな粒粒した思い出たちだけだ。

みっちゃん、私は私なりに精いっぱい生きているよ。

みっちゃんが亡くなり、一周忌が巡ってきた。

河口家一同で青森のお墓に集まったらしいが、和志君は行かなかったらしい。


「困ったものです」

文子さんが電話口でため息をついた。

「葬儀の後、すぐに引っ越してしまって、それ以来ほとんど連絡が取れなくなってしまって……。

一周忌の話もしていたはずなのに、直前になって『仕事が入ったからその日は行けなくなりました。ごめんなさい』ですって。

仕事が忙しいのはわかりますけど、父親の一周忌に出ないなんて、どうかしていますよ……」

ぶつぶつとこぼす文子さんの愚痴を聞きながら、私は葬儀の日のこの家族の断裂を思い出していた。


和志君。

君は、この家族の中で、いつしか父親としての役割を果たそうとしていたんじゃないだろうか。

文子さんと俊君は、君に甘えて頼っていたように思う。

頼った挙句に、期待したような役割を果たせなかった君への、行き場のない怒りが噴き出したのが、あの日だったんじゃないのか。

君はそれをわかって、二人の怒りを黙って全身で引き受けたんじゃないのかい。

君の愛情は二人に通じなかったかもしれないが、私には伝わったよ。

よく頑張ったな。


花を買い、階段を上る。

辺り一面に漂う線香の香り。

ジャネットの体を気遣いながら、みっちゃんが眠る河口家の墓に向かう。

そこには、じっと手を合わせ、祈りを捧げる君の姿があった。


〈了〉

絵師の部屋

このコーナーでは、『抹茶ミルク』を読んでくれた中学・高校生四名が描いてくれた挿絵の紹介をします。

打ち合わせの最中、この小説から何を感じ取ってくれたのかに、素直に思いを伝えてくれる彼らの様子はとてもいとおしく、また新たな世界を発見するきっかけにもなりました。私が思う小説の姿と彼らが感じた姿は、同じようでやっぱりちょっとずつ違っていて。でも、それがとても新しくてワクワクして。

二度の打ち合わせを通して、彼ら一人一人と関係性が紡げたこともまた、私にとって大きな財産となりました。

小説は書き終わるまでは作家本人のものですが、ほかの誰かに読まれた瞬間から、勝手に動き回ります。ＤＮＡのように組み替わり増殖し、気づけば生命を持った生き物へその姿を変えていきます。

なぜなら、物語の本質は動くことにあるからです。

はるか昔、文字のなかった時代にも物語はありました。人々は物語を口伝えで他者に話さずにはいられませんでした。

伝えたいのは物語そのものではなく、そこに内在する感動のプロセス。

物語は伝える人によってアレンジされ追加され、いつしかそれ単体でいのちを孕みます。そうしてできたいくつかの物語の原型を私たちはいまだに深く愛し、ともに生き続けているのだと思います。


そんな発見を私にもたらしてくれた、この四名——

アオちゃん、縹宿つなちゃん、m（メートル）ちゃん、うさくろちゃんに心からの感謝を！


ちなみに彼らの挿絵のカラー版をTシャツなどのグッズとして制作し、クラファンにも出品しました。超レアです！

作家冥利につきる今回のクラファン、読者のあなたにも私の感じる楽しさが伝わると幸いです。

滝和子

絵師　アオ

私は、和志に突然父から電話がかかってくるシーンを描いてみました。

ピンチから抜け出して良くなってきた世界が、また自分の周りでぶち壊されていくことに対しての恐怖。

何もできない自分を見捨て、家族を苦しめた父親に対して怒っていた幼い彼は、このとき初めて、借金に追われアルコールに依存して生きる、みすぼらしい人間として父を認識するように変わりました。その変化に対する混乱。

このシーンで和志が大人になり、大人として父と同じレベルで話し、ずっと抱いていた恐怖と怒りを、初めて表現できたのだと思いました。

「もしもし？」

絵師　縹宿つな

私は和志が思い出のハムカツを食べて、思い出の場所を歩いて、思い出に浸るシーンが、この物語の中で一番幸福感があって印象的でした。

お父さんの葬式で、お母さんと俊との溝に気づき、独りぼっちで家を出て離れてしまうのが本当に辛かったのですが、思い出の中の家族は幸せで、思い出に浸って三沢川を見つめる和志は、悲しさや寂しさがありつつも少し満たされた顔をしていたのではないかと思いながら描きました。

絵師　m（メートル）

主人公がカウンターで抹茶ミルクを飲みながら、ぼんやりと物思いにふけっていた場面で、楽しかったことを思い出しているのかな？　と考えて描きました。

複雑な心境だろうけど顔には出さなさそうと思い、少し笑っているような寂しいような表情にしました。

絵師　うさくろ

和志が図書室で勉強をしている場面を、想像して描きました。
本棚をぼんやりさせました。
集中して無心な表情にしました。

あとがき

はい、ようやくあとがきにたどり着きました。

この小説を書き始めたのが、二〇二〇年十月三十一日だったので、今日（二〇二一年七月二十五日）で丸八か月ほど経ったということになります。

まさか自分が書いた小説がクラファンで本になって出版される日が来るなんて、書き始めた当初はまったく想像もしていませんでした。そしてクラファンでつけるリターンにこんなに苦労する事態になるなんてことも……。

私が今在籍しているＹＡＭＩ大学深呼吸学部は、デジタルメディア研究所の橘川幸夫さんが主宰している教育の場です。毎週土曜日の夜八時から零時を過ぎるまで、延々と続くＺｏｏｍでの授業が特徴です。なんでこんな場所にみんな集まっているんでしょうね。みんな暇なの？

さて、ある夏の授業中のこと。授業の最後に、参加した全員が一人ずつ今日の感想を述べるコーナーがあるのですが、そこでとある出来事が起きました。

かねてより橘川さんから不幸な女認定されていたこともあり、その日も授業に絡むような私の不幸ネタがあったので、それとつなげて授業の感想を話していました。

するど、橘川さんが突然まじめな顔で
「なあ滝、お前やっぱり小説書けよ」

と言い出したのです。

実は一年前くらいから、小説を書けと言われ続けていたのに、無視していた私。なぜ書くべきなのか、理由がちっともわかりませんでした。

それをこちらが忘れた頃に改めて（しかも結構まじめな感じで）言われてしまったことで、本気で考えてみるようになりました。


ちょっと脱線しますが、今回の小説の舞台の下敷きになっているのは、私の過去の家族体験です。

父親は青森出身なのですが、実家が借金で首が回らなかったことから、中学生のときに、東京でとある大学総長の二号さんをしている姉のところに妹と二人預けられてしまいます。

それがよほどショックだったらしく、「俺は親に捨てられたんだ」と母にこぼしては泣いていたとのことです。

そんな悲しい経験を克服できないまま大人になってしまったからか、自分が家族を作ったあとでも、夫として父として、どう生きたらいいかを決められない人物でした。

家にほとんど寄り付かない人でもあったので、私が父と過ごした記憶は幼稚園くらいまでしかありません。

しかも友達に誘われて起業した結果、大失敗。サラ金に追われる生活となり、ますます家に帰ってくることはなくなりました。

当時、我が家には本当にお金がなくて、スーパーで買ったものを翌日返しに行って返金してもらったり、税金を延滞料を払わずに済ますために、私がお使いに行かされていました。洋服も教会のバザーで古着を購入したりお古を譲ってもらったり。デパートで買い物も時々あったように思いますが、買ってもらうのは申し訳ない、という気持ちが子供ながらに絶えずあったことを覚えています。

母親は神経質でわがまま。子供を自分の支配下に置きたい人です。それは今でも変わらないと思います。

自分がやりたいことは、子供がやりたいことややるべきことであっても、取り上げてしまいますし、逆にやりたくないことは、様々な理由をつけてやりません。

たとえば、学校。

ごく普通にイメージする家庭では、子供が寝坊すると親が学校に間に合う時間にたたき起こしたりすると思うのですが、我が家は違います。

母はテレビで深夜番組や読書を堪能したいので、私と弟を子供部屋に夜九時には追い払います。その後、夜二時三時まで自分の時間を楽しみます。当然ながら翌朝は起きません。大体十時過ぎまで寝てますから、登校時間にまったく間に合わない。

不運なことに、私と弟は子供の頃超ロングスリーパーで、起こされないと十三時間くらい余裕で寝てしまう体質でした。

そのため十時頃にみんなで慌てて起きだして、寝ぐせがつきっぱなしの頭のまま、連絡帳に体調不良の理由を書いてもらって、昼前に登校するのが日常でした。

だいたい授業中に学校に到着してしまうので、休み時間のチャイムが鳴るまでは、校舎の外側にある非常階段の下で日差しや雨をしのいで待ちます。

そこにいるときの、何とも言えない宙ぶらりんな感じ。

社会を構成している日常が、透明な壁の向こうにしかないことを体感させられる空気感を、私は今でもはっきり覚えています。

今思えば、あんなに長時間眠っていたのも、母の希望だったからです。子供が起きなければ、母は朝早くから起きなくてよいわけです。そしてそんなところまで、私たち兄弟は母の意志に縛られ、コントロールされていた。

そんなことを自覚できるようになったのは、実はせいぜい十年前のことです。それほどに母の支配力は強烈でした。

というわけで、親になる自覚ができない、子供のままの両親によって、私は自分の内面の動きを一切無視する形で成長していきました。

その結果、子供の頃から激しい劣等感と繰り返し襲ってくる自己否定の波にもまれ、毎日毎日生きる痛みを感じずには済まないようになりました。

他人から言われた何気ない一言に傷ついてしまうのに、それを周囲には絶対に漏らさない。そうすることで、なけなしのプライドを必死に守り、空っぽの自分であることから目をそらし、他人を蹴落としたがるような陰気な性格。

と同時に、外見はいつもニコニコしながらビクビクしている、口数の少ないおとなしい子でした。

そんな話を部分部分でぽつぽつ開示し始めるようになった頃、橘川さんから

「小説を書こう。俺が必ず読むから！」

と促されたのです。私自身も、自分の人生について冷静に振り返られる精神状態になっていたこともあり（だからこそ開示もできたわけですが）、子供時代のあの生きづらさは一体なんであったのかを一度きちんと振り返ってみたいと思っていたときでもありました。

それでようやく小説を書く決心を固めました。十月初旬のことでした。

さて、小説を書くことを現実的に考え始めたとき、まず意識したのは、自分の人生の中で強烈に残る父親の最期の姿でした。

彼は、小説で書いたように、起業した事業に失敗し、アル中になり、まともな職業につけないまま、くも膜下出血で意識不明の重体に陥ります。命の選択は私にゆだねられ、彼の人生は享年五十六歳であっけなく閉ざされました。

そして、ほとんど会ったことのない、でも血のつながっている父の生死を判断せざるを得ない立場に追い込まれたことは、二十代の私にとって大変重く、小説を書くまでずっと心の

中の澱として淀んでいる感情でした。

父は実は私を恨んでいるのではないか。

あのときの私の判断は本当に合っていたのだろうか。

亡霊のように纏わりつく父の幻影は、私の中に絶えず存在し、罪悪感を絶えず刺激し続けていました。

だからこそ、書くならここしかない、と思えたのです。

主人公の和志は、私の当時抱えていた痛みをある程度渡したキャラクターになりました。家族の中で自分の安定できる場所を確保できない痛みを、彼に託そうと思いました。

家族はどうしようもなくバラバラで、つながりたくても手をつないでもらえない。そして家族と唯一つながることができたのは、不在がちな父親の代わりをやることで、母や弟が依存できる相手になるときだけ。

そんな本人が決して望んでいるわけではないけれど、家族（特に母親）の願いによって、割り振られた役割を演じるやるせなさを、和志を通じて表現してみたい。そう思うようになりました。

第一弾のコンパクトな小説が書きあがり、橘川さんに見てもらいました。途中、面倒くさくなってやめたくなった時も、「橘川さんは絶対読むって言ったからな〜」と思って頑張って書いたわけで。読んでもらえてうれしかったです。

これでようやく目的を果たせた。ほっとして肩の荷を下ろそうとした私のところに、意外な話がやってきました。

同じ学部生の田久保さんから、

「滝さんの小説の読書会をやりましょう」

と提案されたのです。

え？　こんな短い中途半端な小説で？　しかもこれって私の自伝みたいなものよ？　なんで読書会なんてやりたいの？

と思ったのですが、田久保さんの表情は実にピュアで、心から言ってくれているのが伝わりました。

それで、半分しぶしぶながら、申し出をお引き受けしたのです。

そして読書会が始まりました。

集まってくれたのは学部生七、八名。皆さん、私のつたない小説をしっかり読んでくださって、感想を伝えてくれました。

ありがたかったのは、誰も私の書いた小説をけなさなかったことです。

むしろ「この人のことがもっと知りたかった」「このエピソードが心に残った」などと、楽しそうに感想を伝えてくれるのです。

和気あいあいとした雰囲気の中で、私はみんなの感想をもらいながら、返事を小説の中で伝えたくなりました。

いわば、受け取ったラブレターへの返事を書きたくなったのです。


そこから小説の書き直しが始まりました。

加筆したシーンは、ほぼすべて感想をくれた人への回答のつもりで書きました。新たに追加したシーンは、当時同じ学部生で壁にぶち当たっている人への応援歌のつもりで書きました。

今でもこのシーンはこの人のために書き加えたんだよな、と思い出せます。それも小説の姿をしたラブレターになったからだと思います。

そして、当初は和志を中心としたシンプルな物語構成だったのに、ふと気が付けば、まっちゃん&みっちゃんの物語や、俊と母との関係性など、この小説の世界観がより広く、より深く表現されていきました。

この小説がここまで膨らんでいったのは、私の力ではありません。読書会に参加してくださったみんなの力のおかげですし、その後、私に感想を寄せてくれた学部生のみんなの力のおかげです。

仲間との関係性が、私の内面を刺激し、小説を完成させました。

人生で初めての豊かで温かく、そして結構大変な書き直しの経験。

でも、完成させることに迷いはありませんでした。

今度は橘川さんだけでなく、学部生のみんなが私の小説の完成を待ってくれているからです。目の前にいるラブレターをくれた相手を無視することはできません。私はそこから三か月ほどで、全体の書き直しを完了することができたのでした。


こうした手法を、橘川さんが「ソーシャル編集」と名付けました。

実は編集者が企画のブラッシュアップのために、編集者同士でよくやる手法でもありますが、小説に導入したのはこれが初めてなのではないでしょうか。

今も十名の学部生が小説を続々と書き上げて、ソーシャル編集真っ盛りです。一人では書けなくても、仲間との関係性で書き上げられる。そんな驚きと楽しさをみんなが体験しているのは、とても素晴らしいことだなと思います。


そして小説を書きあげたことで、私にとってさらに良いことがありました。

これまで亡霊のように私を苦しめていた父の姿が、心の中から跡形もなく消え去ったのです。

父は私を恨んではいなかった。

そのことが父の物語を父の立場からなぞることで、はっきりと理解できました。

この瞬間、私の心の中でいつまでもいつまでも成仏しきれなかった父は、ついに安らかな気持ちで浄土に旅立つことができたのです。

そして現在。私はあとがきを書きながら、クラファンのリターン作りやら推薦文を書いてくれそうな著名人探しやら、広告を打つ準備やら、本の原稿整理や校正準備・デザインの決定やらやらやらに追われまくっています。

なんでも自分でやる代わりに、一緒に動いてくれる仲間がいる。

代理人はいない（印刷会社は別として……）。

サラリーマンをやっている自分ではちょっと考えられないような、最初から最後まで自分でやりきる経験もまた、ソーシャル編集同様、私の意識を覚醒し続けています。

深呼吸学部で小説を書くことから、私の人生が大きな転換点を迎えました。

こうしたチャンスを与えてくれた橘川さんに感謝するとともに、ともに戦ってくれる学部生のみんなにも、大きな感謝をこの場で伝えたいと思います。

そして、この本を手に取ることで、私たちとの関係性を紡ぎ始めた読者の皆さん。

私たち深呼吸学部の活躍に、これからもどうぞご期待ください。

そして叶うならば、皆さんの合流も心よりお待ちしております！

二〇二一年七月二十五日

滝　和子

深呼吸Ｂｏｏｋｓからのご挨拶

橘川幸夫

コロナ・パンデミックの最中、二〇二〇年夏に開始したＹＡＭＩ大学・深呼吸学部は、オンラインの上で「教育」というフレームの中での「新しいコミュニティ」を作れるのか、という問題意識で運営してきました。「教育」の最大の意味は「クラスメイト」の信頼関係を成立させることだと思っていたからです。

集まってきた大半は、現実世界では会ったこともない、ネットの関係でつながった人たち。塾長である橘川は、毎週土曜日の夜、四時間から五時間の講義で、さまざまな指導や問題提起を投げかけながら進めてきました。一年間五十週のヘビーな時間の中で、密度の濃い関係を深めながらです。そして、この「教育コミュニティ」活動の中から、新しいプロダクツ（社会的製品）が生まれてきました。

『抹茶ミルク』は、塾生である滝和子が、最初は橘川個人に読ませるために書いた短い家族の物語でした。それを塾生たちに公開し「ソーシャル編集」という、塾生全体で意見や感想を語り合うＺｏｏｍ会議を何度も開催し、そのたびに著者は、さまざまな刺激と勇気をもらい、書きたい内容もどんどん膨らんで、一冊の本として完成しました。

私の描く参加型社会とは「人々との信頼関係のつながりによるコミュニティに支えられながら、自立した個人が頑張る」社会です。新しい模索の苦労は個人が引き受けなければなりません。個人的な表現や創造活動は孤独なものだが、それを見守ってくれる信頼できる他者たちを意識できるかできないかで、個人的な努力の意味が大きく変わるはずです。

ここに、そうした未来への、一つのプロトタイプ（原型）が誕生しました。『抹茶ミルク』は、これまで長い歴史の中で染みついていた日本型の家族のあり方が崩れ、戸惑う、戦後社会の家の人々の関係性を描いた物語です。現代に生きる私たちにとって、他人事ではない課題だと思います。

発行後に読書会を兼ねた、日本の家族について語り合う「家族未来フェス」を計画しています。本の発行をクラウドファンディングで行うのも、これまでの出版社・取次・書店という巨大な流通構造の中では、どれだけ本が売れようと、著者と読者の関係は築けないからです。ただ販売部数だけが評価の基準で、書いた人と読んだ人の一対一の関係は成立しないのです。

私たちの目指す参加型社会は、これまでの巨大で強固だけど空虚な社会システムではなく、ひとりひとりのエネルギーと思いが伝わりながら満たされる、小さなコミュニティのつながりによって成立する社会です。『抹茶ミルク』を刊行することになり、少しずつ、新しい出版のあり方を目指す人たちの内部に反応が起きています。一人の思いを、数量ではなく、確かな別の個人につなげられる、新しい出版流通を作りたいと思います。

滝《たき》 和子《わこ》

中央大学卒。編集者。『抹茶ミルク』は処女作。コロナ下で小説を書き始める。他 VR が面白くなり、Unity でワールドも制作中。1 男 1 女の母。息子に「ママっぽい曲がある」と言われたのが、BLOOM VASE の CHILDAYS。音楽はメガテラ・ゼロ筆頭に EDM・ボカロ・ロック。アニメ・ゲームも好き。月に一度は娘とアニメイト＆らしんばん詣で中。

深呼吸学部 案内所
https://note.com/metakit/n/n031aa565070f

抹茶ミルク

2021 年 9 月 30 日　初版第 1 刷発行

著者　滝 和子

発行人　橘川幸夫

発行所　一般社団法人未来フェス
東京都渋谷区神宮前 5-52-2 青山オーバルビル 16F
ビットメディア内
https://miraifes.org/

発売　株式会社メタ・ブレーン
東京都渋谷区恵比寿南 3-10-14-214　〒 150-0022
TEL:03-5704-3919 / FAX:03-5704-3457
http://www.web-japan.to
